A. Collin

Mordliebe Ostsee

Küstenkrimi

JAVY«

Personen und Handlung sind frei erfunden.
Eventuelle Ähnlichkeiten mit real existierenden Personen
sind rein zufällig und nicht beabsichtigt.
Markennamen, Warenzeichen,
Namen von Personen und Dingen der Zeitgeschichte,
falls diese im Buch verwendet werden,
sind Eigentum ihrer rechtmäßigen Eigentümer.
Für die Darstellung bzw. Erwähnung gastronomischer,
kultureller oder touristischer Einrichtungen haben weder die
Autorin noch der Verlag eine Vergütung oder
Zuwendungen jeglicher Art erhalten.

Mordliebe Ostsee
Fünfter Fall für Lux und Bähr
Küstenkrimi

ISBN: 978-3-948820-35-0

JAVY«

DAS BUCH

Ein Ende der Einsamkeit und neues Glück in der Liebe!
Das versprechen die vielen bunten Flyer
der Partnervermittlung „Küstenherz", die überall an der
Promenade ausliegen. Urlauber und Einheimische sind aus dem
Häuschen. Die Anmeldungen purzeln nur so herein.
Eigentlich ein Grund zur Freude für die ehrgeizige
Inhaberin der Agentur, Thea Jung.
Aber seit Kurzem fühlt sie sich verfolgt und in ihrem schicken
Haus mit Meerblick nicht mehr sicher.
Wem ist sie in die Quere gekommen?
Doch es wird noch schlimmer. Nach einer ihrer beliebten
Speed-Dating-Runden direkt am Ostseestrand sitzt
Theas Assistentin tot in einem Strandkorb.
Die hübsche junge Frau wurde ermordet und
sie ist nicht das einzige Opfer, dessen rätselhafte Todesumstände
Hauptkommissarin Bähr und Oberkommissar Lux vor
ungeahnte Herausforderungen stellen.

Als Team unschlagbar: Die taffe und temperamentvolle Gesa
Bähr, ein Fels in der Brandung der Verbrechensbekämpfung und
Niklas Lux, der eigensinnige Ermittler mit dem kühlen Verstand.

Jede Menge Spannung und immer eine frische Brise Humor!
Erleben Sie die malerische Ostseeküste
von ihrer aufregendsten Seite!

Jeder Fall der Ostseekommissare Lux und Bähr
ist ein in sich abgeschlossener Roman und
kann einzeln gelesen werden.

Wo auch immer
du hingehst,
geh mit ganzem Herzen.
(Konfuzius)

INHALT

Sonntag

1. Kapitel

Gegrillt oder gedünstet?

Roswitha Bergmann kann sich nicht entscheiden und geht in Gedanken ihre Fischrezepte durch.

Wahrscheinlich gedünstet.

Bei der Hitze ist es bekömmlicher.

Zufrieden schaut die Fünfundsechzigjährige zuerst auf die geblümte Kühltasche zu ihren Füßen und dann zu ihrem Mann neben sich.

Wie gut, dass ich Karl-Heinz überzeugt habe, die Bootstour zum Eckernförder Fischmarkt mitzumachen.

Dankbar lehnt sie sich an ihn und kitzelt ihm liebevoll den Bauch.

Karl-Heinz hasst es ja, im Urlaub so früh aufzustehen.

Auch für Roswitha war der Tag lang und anstrengend. Ihre Füße brennen vom vielen Laufen auf dem Kopfsteinpflaster des weitläufigen Marktgeländes. Sie gähnt und schließt für einen Moment die Augen.

Kurz darauf wird ihr schwindelig. Das Motorschiff Langeland, auf dem neben dem Ehepaar Bergmann zwei Dutzend weitere Fahrgäste erschöpft in der Sonne dösen, fängt plötzlich an zu schaukeln. Die Bugwelle einer großen Ostseefähre nach Skandinavien rollt heran und klatscht spritzend gegen den Rumpf des Ausflugsschiffes.

»Ih!«, kreischt Roswitha und springt auf.

Mein neues Sommerkleid!

Hastig wischt sie sich ein paar dicke, glänzende Wassertropfen aus dem Dekolleté.

Karl-Heinz lacht. »Sei doch froh über die Erfrischung«, tröstet er sie und ist sofort wieder in seine Lektüre vertieft. Seit der Abfahrt aus Eckernförde kleben seine Augen ununterbrochen an dem bunten Werbeflyer. Beim Einsteigen hatte er diesen und weitere Prospekte in einem durchsichtigen Köcher an der Reling entdeckt.

Roswitha versucht jetzt, unauffällig einen Blick auf den Flyer in seinen Händen zu erhaschen. Sie reckt sich und legt ihr Kinn auf die Schulter ihres Mannes.

»Der Ausflug zum Eckernförder Fischmarkt hat sich aber auf jeden Fall gelohnt. Stimmt's?«, raunt sie ihm zu, während sie dichter an ihn heranrutscht.

Doch Karl-Heinz schüttelt sich nur kurz. »Ich verstehe dich schlecht«, antwortet er, ohne hochzuschauen. »Der Wind pfeift so laut und die Motoren des Kutters dröhnen schlimmer als ein Presslufthammer in meinen Ohren.«

Wie zur Bestätigung beginnt es, unter der Bank, auf der die beiden sitzen, zu rattern und zu vibrieren. Roswitha reißt vor Schreck ihre schmerzenden Beine hoch. »Ich gebe dir recht«, sagt sie. »Wir hätten doch die Plätze weiter vorn nehmen sollen. Zum Glück sind wir bald wieder an Land.« Erleichtert zeigt sie mit ihrem Arm zur rechten Uferseite. »Siehst du sie?«

»Wen denn?«, murmelt ihr Mann.

»Na, die Schönberger Seebrücke.«

»Mhm.«

Roswitha ärgert sich über die Teilnahmslosigkeit von Karl-Heinz.

Der ist ja heute stumm wie ein Fisch.

»Möchtest du deine Meerforelle nachher lieber gegrillt oder gedünstet zubereitet haben?«, erkundigt sie sich nun sicherheitshalber nach seinen Wünschen.

Aber Karl-Heinz zuckt nur unentschlossen mit den Schultern.

Ist doch egal, was ich jetzt sage.

Bis wir in unserem Bungalow sind, ändert Rosi ihre Meinung noch dreimal.

Seine Frau tätschelt ihm versöhnlich den Arm. »Ich merke schon, du willst deine Ruhe haben. Ist ja auch noch Zeit bis zum Abendbrot. Was liest du da überhaupt?«

Sie greift nach dem Flyer: »Zeig mal her!«

Aber ihr Mann hält das Papier zwischen seinen Fingern fest, als wäre es das Gewinnerlos der Jahreslotterie. »Hol dir selbst einen, Rosi«, mault er, »die hängen ein paar Meter weiter am Geländer.«

Seine Frau schmollt. »Nun hab dich nicht so! Du weißt doch, dass ich schnell seekrank werde. Bevor wir anlegen, stehe ich nicht mehr auf.«

»Sie können meinen nehmen«, meldet sich plötzlich eine vornehm gekleidete Dame aus der Sitzreihe gegenüber. Sie erhebt sich kurz von ihrem Platz und reicht der verdutzten Roswitha den Prospekt.

»Danke! Das ist sehr nett von Ihnen!«, sagt sie und wirft ihrem Mann einen triumphierenden Blick zu.

Mal sehen, was dort so Interessantes geschrieben steht.

Hoffentlich handelt es sich nicht um eine Baumarkts-Neueröffnung.

Dann reicht unser Urlaubsbudget nur für die erste Woche.

Als Roswitha ihr Objekt der Begierde genauer betrachtet, muss sie sich doch sehr wundern.

»Das Ende der Einsamkeit«, verspricht die Partnervermittlung »Küstenherz« in der fettgedruckten Überschrift auf der Titelseite.

Und das Foto erst ...! Das ist der Kracher!

Ein aufgepustetes, pinkfarbenes Herz schwimmt inmitten sanfter Wellen, auf die ein geschickter Grafikdesigner zarte, weiße Schaumkrönchen verteilt hat, als wären sie aus Zuckerwatte. Am strahlend blauen Himmel turteln zwei Möwen im Paarungsflug ...

Neugierig klappt Roswitha den dreifach gefalteten Flyer vollständig auf: *»Wie wäre es mit Speed-Dating am Ostseestrand? Eine neue Liebe finden oder Freundschaften schließen, während andere gelangweilt in der Sonne liegen ...«*, so steht es unter der Abbildung einer schier endlos langen Reihe Strandkörbe geschrieben.

Witzige Idee.

Aber warum interessiert sich Karl-Heinz dafür?

Langweilt er sich mit mir allein?

Als ich die Bungalownachbarn zum Kaffee einladen wollte, hat er abgelehnt.

Plötzlich schreckt Roswitha aus ihren Gedanken hoch. Ihr Handy klingelt. Sie greift in ihre Handtasche.

Falscher Alarm.

Die nette Dame gegenüber hat denselben Klingelton.

2. Kapitel

»Hallo, Katja! Du, ich befinde mich gerade auf einem Ausflugskutter. Ist ein bisschen laut hier«, erklärt Christiane Tuchmacher ihrer Freundin aus München die brummenden Geräusche im Hintergrund.

»Du Arme. Von was für einem Kutter redest du? Wollte dein Mann nicht anlässlich deines neununddreißigsten Geburtstags einen Segeltörn organisieren? So mit Champagner und allem Pipapo?«

»Ja, aber Michael ist krank und hütet im Hotel das Bett.«

»Na, so ein Reinfall. Was fehlt ihm denn?«

»Vermutlich handelt es sich um eine Magen-Darm-Sache. Er hängt seit gestern Abend nur über der Toilette. Deshalb bin ich allein unterwegs. Tut mir auch mal gut. Ich habe im Hotel Ostseeglück nachgefragt, was die mir empfehlen können, und die freundliche Empfangsdame meinte, dass heute ein Ausflugsschiff zum Fischmarkt nach Eckernförde fahren würde. Ich befinde mich schon wieder auf dem Rückweg.«

Katja lacht. »Fischmarkt? Ist ja eigentlich nicht deine Liga, Christiane, aber als Fabrikantentochter kannst du dich ruhig mal unters Volk mischen.«

»Du spinnst doch!«, widerspricht Christiane. »Ich habe das Schneiderhandwerk von der Pike auf gelernt, bevor mich Papa in die Unternehmensführung geholt hat. Durch seinen frühen Tod wurde ich ins kalte Wasser geworfen. Dabei hatte ich andere Pläne ...«

»Familiengründung mit Michael, ich weiß. Du musst dich nicht rechtfertigen«, wiegelt ihre Freundin ab. »Ich habe es doch nicht böse gemeint.«

Dann rede nicht solchen Blödsinn.

Christiane ist gekränkt.

Wahrscheinlich ist Katja insgeheim neidisch und hat nie überwunden, dass sich Michael für mich entschieden hat.

»Janimaus! Bist du noch dran?«, säuselt Katja am anderen Ende.

»Ja, bin ich. Was wolltest du denn überhaupt?«

»Nur mal horchen, wie es dir geht.«

»Ach so. Ehrlich gesagt fühle ich mich seit der Rückfahrt nicht richtig wohl. Entweder bin ich seekrank oder Michi hat mich angesteckt.«

»Mach bloß keinen Quatsch! Was wollt ihr überhaupt dort oben an der Ostseeküste? Michael zieht es doch sonst eher in heiße, südliche Gefilde, mit Liegen unter Palmen und kühlen Drinks an der Bar.«

»Stimmt, aber ich habe mich sehr gefreut, dass er mal eine bodenständige Idee für unseren Urlaub hatte, auch wenn er mich am Anfang auf den Arm genommen hat.«

»Inwiefern?«

»Drei Tage Kalifornien und fünf Tage Brasilien hat er mir vorgeschlagen?«

»Äh, so weit, in so kurzer Zeit? Ich verstehe nur Bahnhof«, wundert sich Katja.

Christiane kichert. »Nun bist du auch darauf hereingefallen! Ha, ha! So heißen hier zwei der hübschen Seebäder. Wir selbst wohnen genau dazwischen. Im schicksten Hotel an der Küste rund um Laboe haben wir eine Suite bezogen. Diesbezüglich konnte Michi doch nicht aus seiner Haut. An Luxus mangelt es uns wahrhaftig nicht«, versichert sie ihrer Freundin.

»Na, du wärst doch nicht freiwillig auf den Campingplatz gezogen, oder?«, lästert diese sofort.

»Warum denn nicht? Mich würde das nicht stören. Du kennst mich eben doch nicht lange genug. Ich war als Kind mit meinen Großeltern gern zum Campen.«

»Ach, echt jetzt? Ich dachte, du stammst aus einer vornehmen Familie. Euer Betrieb existiert bereits in dritter Generation, wenn man den lobenden Worten in der Presse glauben kann.«

»Schon richtig, aber am Anfang war es eine Schneiderwerkstatt. Erst mein Papa hatte die Idee mit der Outdoor- und Sportbekleidung, die dem Unternehmen zu seiner heutigen Größe verholfen hat. Das kannst du alles im Internet nachlesen ...« Christiane fasst sich an die Stirn. »Katja, ich werde jetzt Schluss machen. Gerade bekomme ich mörderisches Kopfweh. Ich muss eine Tablette nehmen.«

»Tu das und leg dich später gleich hin!«, antwortet Katja besorgt. »Ruf mich an, wenn du im Hotel bist.«

»Mach ich. Tschüss!«

Christiane Tuchmacher schafft es noch, ihr Handy in ihrer Hermestasche zu verstauen und ein Röhrchen mit Tabletten herauszunehmen. Als sie den Deckel abschraubt, fällt ihr die Packung aus der Hand. Sie bückt sich mühsam und sieht unter ihrem Sitz nach.

Karl-Heinz kommt ihr zu Hilfe.

»Sie sehen aber blass aus«, sagt er zu der jungen Frau und hebt die halbvolle Packung vom Boden auf. Die restlichen weißen Dragees waren zwischen die Schiffsplanken gekullert. »Soll ich Ihnen etwas zu trinken holen?«, fragt er.

Roswitha beobachtet mit Argusaugen, wie aufmerksam ihr Mann sich um die fremde Dame kümmert.

Auf einmal bekommt er ja doch etwas mit.

»Nein, danke!«, antwortet Christiane mit schwacher Stimme. »Ich habe selbst eine Trinkflasche in meiner Tasche dabei. Es ist sicher nur der Kreislauf.«

»In fünf Minuten legen wir an«, beruhigt Karl-Heinz sie, »dann ist das Geschaukel beendet.«

Christiane nickt dankbar, während sie mit geschlossenen Augen aus ihrer Flasche trinkt.

Mir ist so übel.

Hoffentlich muss ich mich nicht übergeben, bevor ich an Land bin.

Sie nimmt ihre Handtasche, greift nach ihrem Sommermantel, den sie auf den leeren Platz neben sich gelegt hatte, und sieht sich um.

Hier sind zu viele Leute.

Christiane entscheidet sich, vor dem Anlegen eine Toilette aufzusuchen. Während sie aufsteht, schwankt sie für einen Moment, dann läuft sie weiter über das Deck zu dem Aufbau mit dem kleinen Bordrestaurant. Doch kurz vor dem Ziel gehorchen ihr ihre Beine plötzlich nicht mehr. Sie bleibt stehen und sucht nach Halt.

Da, die Wand! Ich muss mich anlehnen.

Sie streckt den Arm aus. Aber es ist zu spät, sie greift ins Leere. Der blaue Himmel über ihr dreht sich und der Boden unter ihr wird zu einem Strudel, der sie von den Füßen reißt. Der Aufschlag ihres zierlichen Körpers ist laut und hart. Ein Metallvorsprung am Befestigungsmast der Reling hat Christiane die

Stirn aufgespalten.

Zwei aufgescheuchte Möwen laufen eilig über das Geländer, als wollten sie mit alldem nichts zu tun haben.

Der Kapitän macht jetzt eine Durchsage.

Die Schiffsmotoren jaulen noch einmal kräftig auf und verstummen anschließend langsam. Die MS Langeland hat den Brückenkopf der Schönberger Seebrücke erreicht.

Montag

3. Kapitel

»Moin allerseits!« Hauptkommissarin Gesa Bähr lässt die Tür vom Großraumbüro der Kripo lautstark hinter sich zufallen. Dann stellt sie mit Schwung einen Spankorb voll frischer Erdbeeren auf den Empfangstresen. »Das sind die Restlichen aus dem Garten meiner Schwester Hilde. Die müssen nicht abgewaschen werden, sie sind ja nicht gespritzt.«

Stefan Voß verzieht misstrauisch seine Mundwinkel. Seit der letzten Beerenspende seiner Chefin wird er das knirschende Gefühl zwischen seinen Zähnen nicht mehr los.

Sand reinigt zwar bekanntlich den Magen, aber diesmal spüle ich die Erdbeeren vor dem Essen lieber ab.

Gesa lacht herzhaft. »Das war doch keine Dienstanweisung, Stefan«, ruft sie dem jungen Kriminalbeamten zu. »Wer möchte, darf die Früchte gern vor dem Verzehr abwaschen«, erklärt sie ihm, während sie zu Kriminalobermeisterin Rückert an den Schreibtisch geht, um sie zu begrüßen.

»Na, wie sieht's aus? Wie war Ihr Wochenende, Lisa?«, fragt Gesa und strahlt. Ihre zarten Sommersprossen sind auf der stark gebräunten Haut kaum noch zu erkennen. Sie ist am Samstag mit Niels von Isenberg in einer kleinen Segeljolle über die Förde geschippert und hat sich den Wind durch ihre kurzen, kastanienbraunen Locken wehen lassen.

Herrlich.

»Haben Sie denn das wunderbare Sommerwetter genießen können?«, fragt sie Lisa gutgelaunt.

»Leider nein«, antwortet die ehrlich und spielt dabei nervös mit ihrem blonden Pferdeschwanz. Die großen, blauen Augen der Dreiunddreißigjährigen blicken traurig.

Gesa bemerkt es sofort und legt ihr tröstend die Hand auf die Schulter.

»Kommen Sie nachher zu mir ins Büro, Lisa. Wir reden dann mal.«

Kriminalmeister Voß schaut neugierig hinter seinem Bildschirm hervor.

»Lisa fehlt ein Mann«, platzt er heraus.

Hauptkommissarin Bähr wirft ihm einen empörten Blick zu.

Doch Stefan plaudert ungehindert weiter. »Keine Sorge. Das kann sich schnell ändern«, behauptet er, »dank der cleveren Ideen der Agentur Küstenherz werden wir schüchternen Nordlichter jetzt auch unter die Haube kommen.«

Wenn es funktioniert.

Dass der neunundzwanzigjährige Single Stefan vor

zwei Wochen selbst an einem abendlichen Speed-Dating am Ostseestrand teilgenommen hat, verschweigt er lieber. Die junge Frau seiner Wahl hat sich leider noch nicht wieder bei ihm gemeldet.

Lisa wird rot. »Blödsinn!«, sagt sie. »Ich habe keine Langeweile und schon gar keine Zeit für einen Freund. Gerade hüte ich das Haus meiner Eltern. In deren Garten fällt das reife Obst zentnerweise von den Bäumen oder vergammelt an den Sträuchern. Die Hühner, die sich Mama neuerdings angeschafft hat, müssen täglich versorgt werden ...«

Hauptkommissarin Bähr sieht Lisa verständnisvoll an.

»Na, Stefan«, schlägt sie vor, »wenn heute nichts Besonderes anliegt, könnten Sie doch ein paar Überstunden abbummeln und der Kollegin auf dem elterlichen Hof helfen. Wie lange sind Sie denn überhaupt so über die Maßen häuslich eingespannt, Lisa?«

»Noch zehn Tage. Normalerweise kümmert sich meine rüstige Oma, die ein Haus weiter wohnt, immer um alles, wenn die Eltern mal verreist sind. Mama und Papa sind gerade ein zweites Mal auf einer Flusskreuzfahrt unterwegs. Sie hatten die Rhein-Mosel-Tour doch im letzten Sommer schon zu Beginn abbrechen müssen ... wegen des Mordes an Mamas Bruder, meinem Onkel Bruno ...« Lisa senkt den Kopf.

Stefan, der ihr gegenübersitzt, schaut mitfühlend hinter seinem Bildschirm hervor.

Meine Bemerkung mit dem fehlenden Freund war ja so blöd.

»Ich erinnere mich, Lieschen«, sagt er. Seine braunen Augen ziehen sich zu Schlitzen zusammen. Der Fall ist ihm so gegenwärtig, als wäre alles eben erst passiert. Brr! Er war während der gefährlichen Ermittlungen sogar in Lebensgefahr geraten.

»Ich helfe dir natürlich«, versichert Stefan seiner Kollegin, »sollst mal sehen, ratzfatz ist das Obst in der Kiste und das Unkraut auf dem Kompost.«

Hauptkommissarin Bähr zieht hörbar Luft durch ihre Stupsnase und atmet einmal kräftig aus.

Unser Stefan.

Unnachahmlich direkt, aber auch sehr hilfsbereit.

Doch sie glaubt, dass die Traurigkeit der tüchtigen und immer gut gelaunten Kriminalobermeisterin andere Gründe haben muss als die vorübergehende zusätzliche Arbeit auf dem elterlichen Grundstück. »Geht es Ihrer Oma denn nicht gut, wenn sie sich dieses Mal nicht kümmern kann?«, fragt sie Lisa.

Nun kullern Lisa doch ein paar Tränen die geröteten Wangen hinunter. »Das ist es ja! Meine Oma liegt mit einem gebrochenen Mittelfuß im Krankenhaus. Sie wurde erst am Samstag operiert. Es geht ihr den Umständen entsprechend gut, aber ich darf die Eltern nicht darüber informieren. Das musste ich ihr hoch und heilig versprechen. Sie möchte nicht, dass Mama und Papa ihre teure Reise erneut abbrechen.«

Gesa schüttelt ratlos den Kopf.

Lisa hat echt einen Gewissenskonflikt.

»Mhm, das ist wirklich eine verzwickte Angelegenheit, Lisa«, gibt sie zu.

Im selben Moment wird die Tür zum Großraumbüro aufgestoßen.

Oberkommissar Niklas Lux und der Polizeischüler Lasse betreten gemeinsam den Raum.

»Ein neuer verzwickter Fall, habe ich gehört?«, ruft

Lasse vorlaut. »Da sind wir pünktlich zur Stelle! Stimmt's, Oberkommissar Lux?«

Stolz schaut der Rotschopf zu dem 1,90 m großen Oberkommissar neben sich hoch. In Lasses mit Sommersprossen übersätem Gesicht scheint das Grinsen festgetackert zu sein.

Gesa ist erleichtert.

Dann hat er die Zwischenprüfung in Polizeirecht bestanden.

Lasse war gleich als Erster frühmorgens an der Reihe. Weil er so aufgeregt war, hat Niklas, der schon das Wochenende über mit ihm gepaukt hatte, ihn in die Bezirkskriminalinspektion Kiel begleitet. Der Oberkommissar war ohnehin in Kiel bei seiner Freundin Swantje Hussmann zu Besuch. Die junge Strafverteidigerin konnte Lasse gleich ein paar hilfreiche Tipps mit auf den Weg geben.

»Moin, alle miteinander!«, begrüßt Niklas Lux seine Chefin und die Kollegen. Er greift sich sofort zwei große rote Erdbeeren aus dem Korb auf dem Empfangstresen und beißt hinein.

»Wieder aus Hildes Garten?«, fragt er Gesa mit vollem Mund. »Die waren letztens schon so lecker.«

Dann bewegt er vorsichtig seine Lippen und kreist mit der Zunge über die Zähne.

Aber auch wieder so sandig.

Stefan steht jetzt von seinem Schreibtisch auf. Er schmunzelt, als der Oberkommissar mit der Hand vor dem Mund an ihm vorbei zur Küche eilt.

Ja, ja, besser vorher abwaschen.

»Wie ist deine Prüfung gelaufen, Lasse?«, erkundigt er sich bei dem aufgekratzten Polizeischüler.

»Fast volle Punktzahl!«, verkündet der stolz. »Ich

bin ein wandelndes Gesetzbuch. Frag mich was, Vossi! Bei mir hat sich so viel Wissen angestaut.«

Stefan haut Lasse freundschaftlich auf die Schulter.

»Na, sicher«, meint er, »du Stau-Experte! Der Kopierer hat wieder Papierstau, bitte sieh gleich mal nach!«

»So langsam müsstet ihr das selbst hinbekommen«, mault der Polizeischüler.

Gesa gibt ihm insgeheim recht. »Aber niemand ist dabei so versiert wie Sie, Lasse. Ohne Ihr sicheres Händchen wären wir mit der gesamten veralteten EDV aufgeschmissen«, lobt sie ihn und schaut in die Runde.

Lisa und Stefan nicken schnell.

»Sehen Sie!«, sagt Gesa zu Lasse. »Nun aber mal alle wieder an die Plätze und in dreißig Minuten pünktlich zur Teambesprechung!«, bittet sie. Dann schnappt sie sich ihre Aktentasche und geht den Flur entlang zu ihrem Büro.

Eigentlich liegt nichts Neues an.

Wer weiß, wie lange.

Für einen Montagvormittag ist es verdächtig ruhig.

4. Kapitel

Die zweiundvierzigjährige Thea Jung ist das, was man landläufig eine Selfmade-Millionärin nennt. Ihre Geschäfte mit der Agentur »Küstenherz« laufen von Anfang an fantastisch, doch seit sie ihre Speed-Dating-Aktionen im Sommer an die Strände der Nord-

und Ostseeküste verlegt hat, meldet sich ihr Bankberater nicht mehr monatlich, sondern wöchentlich, um ihr neue Geldanlagen zu verkaufen. Seine Bemühungen sind jedoch selten erfolgreich.

Thea ist im Gegensatz zu ihrem Gatten, der gern mit Aktien spekuliert, in Finanzangelegenheiten eher klassisch unterwegs. Sie liebt es, Immobilien zu erwerben und einzurichten. Ihre in den Dünen liegende Villa mit Meerblick, am Rande des Seebads Kalifornien, ist ihr neuester Coup. Nachdem sie den Erben dieses Kleinods den Verkauf schmackhaft gemacht hatte, musste sie noch einmal den doppelten Kaufpreis in die Sanierung hineinstecken. Vor zwei Wochen ist Thea dann endlich eingezogen. An einem herrlichen Sommertag mitten im Juli.

Sie hat die weißgetünchte Villa im Bäderstil sogar für sich als Zweitwohnsitz angemeldet. Zum Ärger ihres Mannes Ralf, der die Villa in Berlin-Grunewald dafür viel geeigneter fand.

Was der wegen der Steuer getobt hat.

Ich würde Geld verschenken.

Na und!

Thea schiebt den Ordner für ihren Steuerberater in den deckenhohen, maßgefertigten Büroschrank zurück.

Pause! Ich arbeite seit sieben Uhr früh.

Es wird Zeit für ein Bad in der Ostsee.

Prüfend taxiert Thea ihre Badeanzüge und Bikinis, die farblich sortiert und sorgfältig aufgereiht in ihrem begehbaren Kleiderschrank hängen. Nach kurzer

Überlegung greift sie nach einem knallroten Zweiteiler.

Das Oberteil hebt den Busen so schön an.

Sie legt ihren Bademantel ab und streift sich den ausgewählten Bikini über ihren durchtrainierten Körper. Zufrieden lächelt sie in den Spiegel ihres Ankleidezimmers.

Die Fitness-Work-outs und das ständige Kalorienzählen müssen sich ja irgendwie lohnen.

Schade nur, dass Ralf so wenig Interesse an ihrer tadellosen Figur zeigt, denkt sie traurig. Der Immobilienmakler hat nur Augen für das Geschäftliche und macht ihr diesbezüglich ständig Komplimente. Aber Thea wünscht sich, dass er sie endlich wieder mehr als Frau wahrnimmt.

Seine vielen Termine können doch nicht der einzige Grund dafür sein, dass sie kaum Zeit zu zweit verbringen.

Vielleicht hat er eine Geliebte?

Während Thea grübelnd vor dem Spiegel steht, hört sie ein leises Türklappen.

Sie spitzt die Ohren. Ja, es klappert ganz deutlich.

Thea jubelt innerlich.

Ralf!

Er ist schon früher zurück!

Sie reißt sich den roten Bikini vom Leib und schlüpft jetzt in Windeseile in einen Zweiteiler, der gerade so das Wesentliche bedeckt, um an einem Textilstrand zu bestehen.

Und wenn schon.

Ralf mag diesen kleinen Schwarzen mit Netzapplikation und Spitze nun mal am meisten.

Vielleicht hat er Lust, mit mir schwimmen zu gehen?

Das Wasser in der Ostsee ist warm.

Wann haben wir uns das letzte Mal im Meer auf einer Sandbank geliebt?

Thea ist fest entschlossen, ihren Mann heute zu verführen. Sie ordnete ihre schulterlangen, blonden Haare, streift sich ein paar hochhackige Pumps über und verlässt gut gelaunt ihr Ankleidezimmer.

»Ralf!«, ruft sie fröhlich. »Wo bist du, Schatz?«

Keine Antwort. Im Haus herrscht eine geradezu unheimliche Stille.

Suchend schaut sich Thea im Foyer der Villa um. Vor einem der großen Rundbogenfenster bleibt sie stehen. Es ist offen. Die seidenen Vorhänge wehen im Wind.

Thea grübelt.

Hab ich das Fenster am Morgen geöffnet?

Sie kann sich nicht daran erinnern. Sicherheitshalber läuft sie zur Eingangstür und drückt prüfend die Klinke herunter.

Die Tür ist verschlossen.

»Ralf!«, ruft Thea erneut, dieses Mal klingt ihre Stimme ängstlich.

Oder ist es schon wieder diese unbekannte Person, die ihr neuerdings überall auflauert?

Thea hatte die Bedrohung in den letzten Tagen erfolgreich verdrängt. Durch die viele Arbeit war sie zum Glück abgelenkt. Außerdem kümmert sich Jonny Jürgens, ein alter Freund, der als Privatdetektiv arbeitet, um die Angelegenheit. Trotzdem hat Thea Angst. Vor lauter Aufregung beginnt sie zu zittern.

Wo ist mein Handy?

Sie glaubt, dass sie ihr Mobiltelefon zuletzt im Wohnsalon abgelegt hat, und begibt sich auf den Weg dorthin.

Kaum hat sie die Salontür geöffnet, stürzt sie und bleibt leicht benommen auf dem frisch gewachsten Schiffsbodenparkett liegen.

Vorsichtig rappelt sie sich wieder auf und hockt sich sicherheitshalber auf den Boden, um sich zu sammeln.

Bin ich gefallen?

Oder hat mich jemand umgerissen?

Während sie zum Kamin krabbelt, um einen ihrer roten Pumps aufzuheben, hört Thea Schritte im Foyer.

Sie kommen näher!

Panisch springt sie auf, greift nach dem Schürhaken neben dem Kamin und versteckt sich hinter der halboffenen Tür.

»Thea!«, hört sie eine vertraute Stimme rufen. »Wo steckst du, Liebling? Ich habe dich schon überall gesucht.«

»Ralf!«

Thea lässt den Feuerhaken fallen und bricht in Tränen aus. Weinend läuft sie aus dem Zimmer und stolpert ihrem Mann in die Arme.

»Es war wieder jemand im Haus!«, schluchzt sie an seiner breiten Brust.

Ralf streichelt ihr zärtlich über den Kopf. »Ja, natürlich. Ich bin doch seit ein paar Minuten hier, Liebling«, flüstert er ihr ins Ohr. »Hast du mich nicht rufen hören?«

Thea schüttelt den Kopf.

Ihr Mann schiebt sie eine halbe Armlänge von sich weg und mustert seine Frau von oben bis unten.

»Für wen hast du dich denn so sexy angezogen?«, fragt er. Dann zupft er ihr das knappe Bikinioberteil wieder in Form. »Ich wollte doch eigentlich erst am Abend zurück sein.«

Thea wischt sich die Tränen aus dem Gesicht. »Na, für dich«, stammelt sie. »Ich habe eine Tür klappen hören und dachte, du bist es. Da wollte ich dich überraschen und fragen, ob wir gemeinsam schwimmen gehen. So wie früher ...«

»Dann hast du ja doch gewusst, dass ich im Haus bin.«

»Ach, Ralf, ich bin so durcheinander. Ja, wahrscheinlich habe ich mich geirrt«, gibt Thea zu.

»Das kann passieren. Du arbeitest einfach zu viel«, tröstet Ralf seine aufgelöste Frau, »zwei Agenturen unter einen Hut zu bekommen, ist eben ein Knochenjob.«

»Vielleicht hast du recht. Aber mit der ›Küstenherz‹ geht es gerade steil bergauf und es ist ein Job, der mir viel Spaß bringt. Im Gegensatz zu der alten Treuetest-Agentur. Da gibt es am Ende immer nur Verlierer.«

»Hoppla, höre ich etwa moralische Bedenken bei meiner knallharten Business-Lady?«, lästert Ralf. »Von wegen, nur Verlierer! In deiner Kasse klingelt es doch lauter als die Kirchenglocken zur Mittagszeit. Du machst Gewinne, meine Liebe, davon kann ich als Immobilienmakler nur träumen.«

»Ja, Ralf, ich weiß. Ich darf mich nicht beklagen. Wollen wir denn nun beide schwimmen gehen?«, fragt Thea und sieht ihn verführerisch an.

Doch ihr Mann schüttelt nur müde den Kopf.

»Später«, vertröstet er sie und legt ihr väterlich den Arm um die Schultern, »ich glaube, du brauchst erst einmal einen Tee zur Beruhigung.«

»Wie du meinst«, antwortet Thea enttäuscht, »aber nachher habe ich geschäftliche Termine. Dann gehe ich jetzt eben allein zum Strand.«

»In dem Aufzug?« Ralf verdreht entsetzt die Augen.

»Ja, warum nicht?«, erwidert sie schnippisch. »Oder meinst du, ich kann mich in meinem Alter nicht mehr so zeigen?«

Sie windet sich aus seinem Arm und läuft zurück zum Ankleidezimmer.

Er muss ja nicht sehen, dass ich weine.

5. Kapitel

Gesa hat ihr Team am Besuchertisch im Großraumbüro versammelt. »Es kommt Arbeit auf uns zu!«, beginnt sie die Teamsitzung. »Vor einer halben Stunde dachte ich noch an Hitzefrei, aber da sieht man mal wieder, wie schnell sich bei uns an der Küste der Wind dreht.«

Lasse zieht aufgeregt am Strohhalm seiner Cola. »Ein neuer Fall?«, nuschelt er und lässt den Trinkhalm, während er den Mund öffnet, schnipsen, sodass es über den Tisch spritzt.

»Och, Mensch, Lasse!«, schimpft Stefan, dessen beigefarbenes Polohemd ein paar Spritzer abbekommen hat. »Wenn du zu blöd zum Trinken deiner Cola bist, nimm doch nächstes Mal ein Glas Milch.«

Lisa gibt dem Kollegen recht. »Wirklich! Das passiert dir nicht zum ersten Mal, Lasse.«

»Dem habe ich nichts hinzuzufügen«, sagt Gesa streng. »Aber um Ihre Frage zu beantworten, ja, wir müssen ermitteln. Vorerst aufgrund einer unnatürlichen Todesursache mit Verdacht auf ein Tötungsdelikt.«

Stefan dreht den Kugelschreiber in seiner Hand. »Dann wird es diese Woche nichts mit dem Überstundenabbummeln«, stöhnt er.

»Leider nicht«, bestätigt Gesa. »Eine Urlauberin aus München ist auf der MS Langeland gestürzt und anschließend in der Uniklinik Kiel verstorben«, berichtet sie dem Team. »Zuerst dachten die Ärzte, ihr Tod wäre die Folge ihrer Kopfverletzung, aber die bildgebenden Untersuchungen ihrer Organe haben bei der kerngesunden Frau ein diffuses Bild offenbart. Der leitende Oberarzt hat deshalb nach der klinischen Obduktion empfohlen, die Verstorbene in die Rechtsmedizin zu überführen und der Todesursache genauer auf den Grund zu gehen.«

Gesa schaut jetzt auf Lasse. »Und wer ordnet dann die gerichtsmedizinische Obduktion an?«, will sie von dem Polizeischüler wissen.

Der knirscht nervös mit den Zähnen. »Äh, was? Sorry, ich habe nicht genau zugehört«, entschuldigt er sich.

Meine Prüfung ist doch vorbei.

»Lasse, ich muss mich schon sehr wundern«, schimpft Gesa mit ihm, »Sie haben sich Ihr Wissen nicht nur für die heutige Prüfung angeeignet.«

Lasse wird rot. »Sorry, Hauptkommissarin Bähr,

könnten Sie Ihre Frage wiederholen? Bitte, ich war so in Gedanken.«

Nachdem Gesa ihm die Frage erneut gestellt hat, antwortet er, wie aus der Pistole geschossen: »Die Staatsanwaltschaft oder ein Gericht.«

»Na, bitte, geht doch«, lobt sie ihn.

Nun mischt sich Oberkommissar Lux in das Gespräch ein.

Bevor die Chefin den armen Lasse noch weiter quält.

Für heute kann es mal gut sein.

»Was ist denn über die tote Frau bekannt?«, fragt er Gesa. »Haben wir nähere Informationen?«

Niklas hat, nachdem die Hauptkommissarin mit ihren Ausführungen begonnen hat, sofort seinen Block gezückt und sich schon einige seiner berüchtigten, skizzenhaften Notizen gemacht.

Gesa schielt über den Tisch auf das Blatt Papier vor seiner Nase.

Soll das Gekrakel da ein Kutter sein?

»Ja, Niklas, zum Glück ist die Frau identifiziert«, beantwortet sie seine Frage. »Sie heißt Christiane Tuchmacher, lebt in München und ist neununddreißig Jahre jung verstorben«, fährt sie sogleich fort, »Frau Tuchmacher verbrachte mit ihrem Mann, Michael Tuchmacher, den Urlaub an der Ostseeküste. Die beiden hatten eine Suite im Hotel Ostseeglück bezogen.«

Stefan pfeift leise. »Oha, da scheint das Geld bei der Verstorbenen nicht so die Rolle gespielt zu haben.«

»Schon möglich«, stimmt Gesa dem Kriminalmeister zu. »Der Ehemann hält sich weiterhin in dem Luxushotel auf. Er hat noch gestern Abend die entfernteren Verwandten informiert.«

»Dann gibt es demnach keine engen Angehörigen? Auch keine Kinder, hoffe ich«, sagt Lisa leise.

Gesa sieht in der Akte nach. »Nein, Christiane Tuchmacher hat weder Geschwister noch Kinder und ihre Eltern sind bereits verstorben.«

Niklas horcht auf. Er treibt viel Outdoorsport und ihm kam der Name des Opfers gleich bekannt vor.

»Tuchmacher?«, hakt er nach. »Es handelt sich doch nicht etwa um die Erbin des bekannten Sportbekleidungsherstellers?«

»Als Tätigkeit steht bei mir in der Akte: geschäftsführende Gesellschafterin«, bestätigt Gesa.

»Dann ist sie es«, ruft er aus. »Was für eine Tragik! Erst vor einem Jahr ist der Tuchmacher Senior beim Skifahren abseits der Piste tödlich verunglückt.«

Stefan rümpft die Nase. »Mal ehrlich, Kollege Lux, mir tut es natürlich um den Mann leid, aber solche leichtsinnigen Leute gefährden die anderen Skifahrer. Sie lösen im schlimmsten Fall eine Lawine aus, nur um im unberührten Tiefschnee ihrem Vergnügen nachzugehen. Mein Freund Hajo ...«, beginnt Stefan und holt tief Luft.

Niklas möchte gerade antworten, aber Gesa kommt ihm zuvor und unterbricht den aufgebrachten Kriminalmeister. »Bitte, Kollegen, wir driften ab!«, ermahnt sie Stefan und Niklas. »Haltet mal wieder Kurs auf das Wesentliche!«

»Ist mir nur recht«, meint Oberkommissar Lux. »Wir sollten schnell anfangen, die Aufgaben zu verteilen, damit wir den Nachmittag effektiv nutzen können.«

Gesa wedelt mit einer Liste vor den Augen ihres Teams.

»Die Aufgabenverteilung ist mein nächster Tagesordnungspunkt. Christiane Tuchmacher besuchte zuletzt den Fischmarkt in Eckernförde, wir müssten uns schleunigst dort umhören.«

»Tja, das wird schwieriger, als dem Fischer Friese einen Aal zu stibitzen, denn die Veranstaltung findet ja nur am ersten Sonntag des Monats statt«, wirft Stefan ein.

Gesa streicht sich eine braune Locke aus dem Gesicht. »Das ist mir bekannt, Stefan. Deshalb werden Sie und Lasse sich mit der Marktleitung in Verbindung setzen, um die Standinhaber ausfindig zu machen und zu befragen. Wenigstens die, die regelmäßig dort verkaufen«, ergänzt Gesa, als sie Stefans erschrockenes Gesicht sieht. »Es ist wichtig, Kollegen! Frau Tuchmacher hat dort vielleicht etwas Todbringendes zu sich genommen, denn sie ist wahrscheinlich vergiftet worden. So viel hat mir Dr. von Isenberg am Telefon schon ausgeplaudert.«

Stefan grinst.

Die Chefin sitzt halt an der Quelle. Wie praktisch, dass die Hauptkommissarin und der Rechtsmediziner ein Paar sind.

»In Ordnung, machen wir«, stimmt er zu, »Lasse und ich werden eine Liste erstellen und bei der Befragung chronologisch vorgehen. Ein Bild von der Dame benötige ich noch. Also eines, das vorzeigbar ist.«

»Bekommen Sie, Stefan, bekommen Sie«, beschwichtigt Gesa ihn. »Ich habe den Fall doch erst seit einer halben Stunde auf dem Tisch. Das aktuelle Foto besorge ich vom Ehemann der Verstorbenen. Dem werde ich im Anschluss an unsere Besprechung einen Besuch abstatten«, informiert Gesa ihr Team.

Dann sieht sie Oberkommissar Lux in seine erwartungsvoll dreinschauenden Augen. »Ich schlage vor, du hörst dich am Hafen um, Niklas, und sprichst mit der Besatzung der MS Langeland.«

Oberkommissar Lux nickt. Die Aufteilung gefällt ihm.

»Wir müssten aber auch die Passagiere von Sonntag befragen«, meint Lisa.

Vielleicht darf ich das tun.

Sie schaut Gesa voller Hoffnung an.

»Sehr gut mitgedacht, Lisa, und Sie haben das Glück des Tüchtigen auf Ihrer Seite«, sagt sie und lächelt. »Diese nur einmal monatlich stattfindende Ausflugsfahrt zum Fischmarkt wird ja fast ausschließlich über die Tourismusinformation oder die Hotels gebucht. Da müsste es noch möglich sein, die Namen der Passagiere herauszubekommen.«

Lisa strahlt, doch dann zögert die gewissenhafte Kriminalobermeisterin: »Also ich will mich ja nicht drücken, aber ich glaube, das sind gut zwanzig Personen, die befragt werden müssen.«

»Na, den zweiten Schritt gehen wir natürlich gemeinsam!« Gesa lacht. »Bitte recherchieren Sie erst einmal vorab die Namen, Lisa, und später teilen wir die Fahrgäste unter uns auf. Am besten rufen Sie als Erstes in der Tourismusinformation an.«

»Mach ich sofort«, verspricht Lisa und rutscht unruhig auf ihrem Stuhl hin und her. Sie möchte am liebsten schon loslegen.

Auch Niklas klappt seinen Block jetzt zu. »Dann würde ich sagen, ich mach mich mal auf den Weg zum Hafen, wenn soweit alles besprochen ist.«

Stefan hebt kurz die Hand: »Äh, Chefin, wie sieht es denn mit der versprochenen Unterstützung für Lisa aus? Wie soll ich heute Stunden abbummeln?«

Gesa verzieht erschrocken das Gesicht.

Auweia, das hatte ich fast vergessen.

Lisa winkt ab. »Die Ermittlungsarbeit geht vor. Ich muss meinen Privatkram allein regeln.«

Niklas und Lasse schauen verwundert auf Lisa.

»Kann mich mal jemand ins Bild setzen?«, fordert der Oberkommissar verärgert.

Wie stehe ich denn da?

Stefan erklärt ihm kurz Lisas Notlage.

Ach so.

»Ich habe heute Abend nichts vor, Stefan«, sagt er sofort, »ich bin dabei und unterstütze sie nach Feierabend im Garten von Lisas Eltern.«

Lisas blaue Augen leuchten vor Freude.

»Danke. Vielen Dank, Männer.«

Lasse zieht beschämt den Kopf ein. Er ist ja bereits verabredet.

»Du feiere mal deine bestandene Prüfung!«, meint Lisa zu ihm. »Ich weiß doch, dass du mit den anderen was im Klabautermann geplant hast.«

Gesa sieht den Polizeischüler sofort streng an. »Aber morgen früh sind Sie mir fit und ausgeschlafen!

Wenn nicht, dann tun Sie so und lassen es sich wenigstens nicht anmerken.«

Lasse grinst. »Versprochen, Hauptkommissarin Bähr! Ich bin der geborene Schauspieler.«

»Ich weiß. Erinnern Sie mich nur nicht an Ihre letzte Rolle beim Meerjungfrauen-Kostümwettbewerb«, stöhnt Gesa. »Übrigens, Lisa, ich komme auch abends vorbei und werde meine Tochter Svenja fragen, ob sie mithilft.«

Lisa steigen die Freudentränen in die Augen.

»Ich weiß gar nicht, was ich sagen soll. Alle dürfen natürlich etwas von dem vielen Obst mitnehmen«, verspricht sie.

Stefan schmunzelt: »Das wollten wir noch hören, Lieschen. Nun mach dir mal keinen Kopf, das passt schon.«

6. Kapitel

Annika Osterburg hat ihren Platz auf der Terrasse des Cafés Linde mit Bedacht ausgewählt. Sie sitzt ganz vorn an einem Zweiertisch mit direktem Blick auf den Fischerei- und Jachthafen von Laboe. Unruhig nippt sie an einem Eiskaffee mit doppelter Schlagsahne. Sie ist wenig begeistert von ihrem Getränk.

Aber ihre Chefin Thea möchte es so.

Es sei einladender, als nur mit einem Glas Wasser beim Date zu sitzen.

Frauen mit einem gesunden Appetit würden anziehender und unkomplizierter auf Männer wirken, und das wiederum schaffe eine vertrauensvolle Basis für den Treuetest. So die Worte ihrer Agenturchefin.

Na, Thea muss es ja wissen.

Aber anschließend muss ich mir die Kalorien wieder abrennen, ärgert sich Annika. Die Fünfundzwanzigjährige kontrolliert noch einmal den Sitz ihrer engen weißen Bluse.

Der zweite Knopf kann ruhig auch auf.

Sie holt ihren Kosmetikbeutel aus der Handtasche und zieht sich ihre vollen Lippen mit dezentem Rosa nach. Ein prüfender Blick auf das restliche Make-up lässt sie selbstverliebt seufzen. Auch Annikas Lidschatten schimmert perfekt über ihren langen, schwarzen Wimpern, die Annikas hellblaue Augen wie Bergseen umrahmen.

Zufrieden klappt sie den kleinen Spiegel wieder ein.

Wenn es doch nur schon vorbei wäre.

Annika hasst das Theater, das sie als Treuetesterin für Thea Jungs Agentur spielen muss. Aber es ist leicht verdientes Geld und bevor ER sich nicht endgültig zu ihr bekannt hat, wird sie den Job, so gut es geht, fortführen.

Angeblich ist es nur eine Frage von Tagen, bis ihr neues Leben beginnt.

Dann kann sich Thea ein anderes Opfer für ihre Launen aussuchen.

Mit mir nicht mehr!

Vollkommen in Gedanken schlürft Annika lautstark an ihrem Eiskaffee und bemerkt gar nicht, dass ein Mann, so um die Ende vierzig, an den gusseisernen, weißen Cafétisch tritt.

»Hallo, Carina!«, sagt er leise. Seine Stimme ist belegt vor Aufregung.

Annika erschrickt, als sie den Namen Carina hört. Thea hat dieses Pseudonym für ihre Arbeit als Treuetesterin ausgesucht.

»Hallo, Torsten!«, antwortet sie schnell und erhebt sich für die Begrüßung von ihrem Platz. Beim Aufstehen bleibt Annika mit ihren langen Beinen in dem verschnörkelten, gusseisernen Tischfuß hängen. Sie schwankt kurz. Sofort greift der Fremde nach ihrem nackten Arm und hält ihn fest. Sein Blick bleibt in Annikas makellosem Dekolleté hängen.

Ich hätte den zweiten Kopf doch lieber zulassen sollen.

Annika löst sich geschickt aus seiner Umklammerung, zieht ihren knapp über dem Knie sitzenden gelben Sommerrock glatt und setzt sich wieder.

»Möchtest du etwas trinken oder essen, Torsten? Ich kann dir den Erdbeereisbecher empfehlen. Die Früchte sind feldfrisch.«

Ihr Verehrer sieht sie erstaunt an.

Mal eine, die sich nicht gleich einladen lässt.

Eiskaffee statt Schampus, das gefällt mir.

Annika kann die Gedanken des Mannes in seinem überraschten Gesicht lesen und schmunzelt in sich hinein.

Er hat angebissen.

Thea kennt sich eben aus.

Während sie sinnlich mit dem Strohhalm zwischen ihren Lippen spielt, fixiert Annika den Fremden mit sirenenhaften Blicken.

»Was darf ich dir bestellen?«, haucht sie über den Tisch und reicht ihm die Eiskarte mit einem Augenaufschlag, als handle es sich dabei um eine Packung Kondome.

Torsten nimmt die Karte mit schweißnassen Fingern entgegen.

Fahrig blättert er durch die buntbedruckten Seiten. Er schafft es kaum, seine steigende Erregung zu verbergen.

Die Frau ist so heiß.

Er presst lieber die Beine unter dem Tisch zusammen. Zum Glück hat er sich trotz der Hitze für die feste, enge Jeans entschieden, sonst dürfte er gerade nicht aufstehen.

»Hast du heute noch etwas vor?«, fragt er heiser.

In dem Hotel am Jachthafen ist doch bestimmt ein Zimmer frei.

»Nein. Also, kommt darauf an ...«

Annika schiebt langsam ihre linke Hand zu Torsten über den Tisch. Die Strasssteinchen auf ihren sorgfältig manikürten Nägeln blitzen in der Sonne.

»Wie meinst du das?«, fragt er.

Soll ich die jetzt tatsächlich abschleppen?

Für einen Moment denkt Torsten wieder klarer. Der sechsundvierzigjährige Familienvater und eigentlich treue Ehemann, wenn man von der letzten Firmenweihnachtsfeier absieht, ist kurz verunsichert.

Das eine Mal mit seiner Kollegin war ein Ausrutscher.

Außerdem war ich sturzbetrunken.

Diese Frau kenne ich doch gar nicht.

Weil sie Torsten heute Morgen vor dem Supermarkt mit ihrem Einkaufswagen angerempelt und ihm die Cola über das Hemd gegossen hat, bestand Annika alias Carina darauf, ihm ihre Handynummer zu geben. Falls der Fleck nicht herausgeht, hat sie gesagt. Als Torsten am Nachmittag Langeweile verspürte, da seine Frau Elke ihren freien Tag doch nicht wie geplant nehmen durfte, hat er Carina einfach angerufen.

Man wird sich ja noch im Café treffen dürfen.

»Was ist denn nun?«, drängelt Annika ihn. »Hast du schon gewählt? Oder ist nichts davon nach deinem Geschmack?« Ihr Tonfall lässt Torsten seine vorübergehenden Bedenken endgültig vergessen und als Annika sagt: »Sonst können wir auch woanders hingehen. Irgendwo rein ... wo es kühler ist«, zerbröseln seine letzten Skrupel so schnell wie die Waffel, die Annika vom Tellerrand ihres Eiskaffees nimmt und genussvoll zwischen ihre strahlend weißen Zähne schiebt. Dann stöhnt sie leise auf und tut so, als würde sie sich mit der Hand Luft zufächeln.

»Hoffentlich kühlt es zum Abend etwas ab.«

Torsten spürt, wie sich sein Puls beschleunigt.

»Ich glaube, das neue Hotel am Jachthafen hat eine Klimaanlage in den Zimmern.«

»Ach, wohnst du da etwa?« Annika tut überrascht und schmachtet ihn weiter mit ihren Blicken an.

»Ja«, schwindelt Torsten, ohne rot zu werden. Er ist jetzt fest entschlossen, sich diese Gelegenheit nicht entgehen zu lassen.

Aber Vorsicht!

Seine Frau Elke arbeitet zum Glück in einem Friseursalon in Kiel, die kann ihm nicht über den Weg laufen, und seine Kinder sind bei den Großeltern. Trotzdem muss er aufpassen, dass ihn niemand Bekanntes mit der hübschen Carina sieht.

Er schaut sich unauffällig in dem Café um.

Alles Urlauber.

»Carina«, wendet er sich jetzt an Annika, »wenn du

dich etwas abkühlen möchtest, lade ich dich gern auf mein Zimmer ein. Ich würde aber vorschlagen ...« Torsten beginnt zu flüstern, »dass ich vorlaufe. Gib mir zwanzig Minuten, dann besorge ich uns auch noch eiskalte Getränke.«

Hoffentlich bekomme ich bis dahin ein Zimmer.

»Ich rufe dich an, wenn ich so weit bin, und hinterlege dir an der Rezeption einen Umschlag mit dem Zimmerschlüssel.«

Annika nickt ihm zu.

»Eine wunderbare Idee ist das, Torsten«, freut sie sich und leckt ein paar Spritzer Schlagsahne von ihrem Zeigefinger ab.

Torsten glaubt, gleich vom Stuhl fallen zu müssen.

Was für ein geiler Tag!

Dass Annika in das Handy vor sich auf dem Tisch spricht, bemerkt er in seiner grenzenlosen Vorfreude nicht.

»Ich glaube, wir sind so weit«, sagt sie leise.

Aber so etwas von!, denkt Torsten und steht auf.

»Bis gleich, Carina!«, säuselt er und streichelt sanft über ihre Hand auf dem Tisch.

Die ist ja ganz kalt?

Eben war es ihr noch zu warm draußen ...

Ach, aus den Weibern werd' ich ohnehin nicht schlau.

7. Kapitel

Oberkommissar Lux drängelt sich in der engen Hafengasse durch eine Gruppe Touristen hindurch.

Urlaub müsste man haben.

Leider ist da im Traum nicht dran zu denken. Dabei benötigt er endlich ein paar freie Tage, um Zeit für sich und seine neue Freundin Swantje zu haben.

Seit den letzten Mordermittlungen vor zwei Monaten, in die Swantjes Familie so tragisch verwickelt war, hat seine Beziehung mit ihr die Leichtigkeit verloren, findet Niklas. Dabei lieben sie sich nach wie vor, wie sie sich immerzu gegenseitig versichern.

Als ob es dadurch besser wird.

Wir müssen wieder ganz von vorn anfangen.

Den Stillstand beenden.

Aber gerade steht hier etwas anderes, nämlich die stickige Luft zwischen den eng stehenden Kapitänshäusern. Selbst vom Hafen weht heute kein einziges Lüftchen herüber. Genervt wirft Niklas den Kopf nach hinten und schüttelt sich. Seine vollen dunkelblonden Haare sind feucht vom Schweiß und kleben ihm im Nacken fest.

Die sind zu lang.

Wird Zeit, mal wieder zum Friseur zu gehen.

Aber Swantje mag die Länge.

Erschöpft wischt sich Niklas den Schweiß von der Stirn. Eigentlich hatte er gehofft, dass es draußen etwas frischer ist.

Schon im Büro von Veit Grote war es so heiß wie in einem Räucherofen und es roch auch so.

Niklas hat die Hafenmeisterei eben erst wieder verlassen.

Er traf sich dort mit zwei Männern von der Besatzung der MS Langeland, die ihm schilderten, wie sie die blutüberströmte Christiane Tuchmacher an Deck gefunden haben. Viel mehr konnten sie ihm allerdings nicht berichten. Ein Ehepaar, das ebenfalls an Bord weilte, hatte dem Schiffsführer erzählt, dass es der Dame schon kurz zuvor nicht gut ging. Bisher gibt es aber keine Zeugen für den Moment, als die Frau am Fuß der Reling aufgeschlagen war. Niemand weiß, ob sie gestürzt ist oder womöglich gestoßen wurde.

Das Ehepaar müssen wir unbedingt ausfindig machen und befragen.

Es sollen Urlauber sein.

Na, Lisa ist ja schon dabei.

Mal sehen, was sie inzwischen recherchiert hat, denkt Niklas.

In ein paar Minuten bin ich schlauer.

Die blau gestrichene Jugendstilvilla, in der die Kripo Laboe das erste Obergeschoss und die Schutzpolizei das Erdgeschoss belegen, ist ja nur ein kurzes Stück zu Fuß von der Hafenmeisterei entfernt.

Fünf Minuten, um sich ein Eis auf die Hand zu gönnen, hat er da noch übrig, überlegt der Oberkommissar und biegt auf seinem Rückweg in die belebte Hafenstraße ein.

Schon von Weitem erkennt er einen Tumult.

Auf der Terrasse des Eiscafés kreischt eine etwa vierzigjährige Frau laut durch die Gegend. »Du musst dir keine Ausreden mehr einfallen lassen, Torsten!«, schreit sie den vor ihr stehenden Mann an. Dann weint sie hysterisch und haut mit der Handtasche nach ihm.

Wahrscheinlich ist Torsten ihr Ehemann.

Niklas geht näher heran.

Ich möchte ja nur ein Eis kaufen.

Peinlich berührt läuft er einen Bogen um die Terrasse und stößt hinter der Linde, der das Café Linde seinen Namen verdankt, mit einer jungen, sehr attraktiven Frau zusammen.

»Oh, entschuldigen Sie«, sagt er und bückt sich nach ihrem Handy, das ihr bei dem Zusammenprall in den weichen Sand vor dem Baum gefallen war.

»Danke! Keine Ursache. Ich habe selbst nicht aufgepasst«, antwortet sie und telefoniert weiter. »Ja, Thea«, sagt die Schöne, »es hat geklappt. Er hat sofort angebissen und seine Gattin hat es nun live und in Farbe, dass er ihr nicht treu ist. Sie konnte alles gut mithören. Ihr Mann war wirklich zum Äußersten bereit. Der hat mich schon am Tisch mit seinen Blicken ausgezogen.«

Niklas hat unfreiwillig zugehört, worüber Annika ihrer Chefin Bericht erstattete, denn die junge Verführerin hat sich keine Mühe gegeben, leise zu reden.

Während er ihr hinterherschaut, schüttelt Niklas staunend den Kopf.

Seltsame Frau.

Dann sieht er wieder zu dem streitenden Paar auf der Terrasse. Eine Kellnerin ist inzwischen herbeigeeilt und bittet die beiden, das Café zu verlassen.

Als Annika über die Promenade zu ihrem Wagen läuft, rastet Torsten plötzlich völlig aus. Er rennt über den Platz auf sie zu und brüllt. »Ich bring dich um, du Schlampe! Du hast mein Leben zerstört!«

Seine Frau läuft schreiend hinter ihm her und zieht ihn am Arm beiseite. »Das hast du dir ganz allein zuzuschreiben, mein Lieber!«, faucht sie ihn an. »Die Frau kann nichts dafür. Sie hat in meinem Auftrag die

Verführerin gespielt.«

Niklas hat nach Torstens Drohung auf dem Absatz kehrtgemacht, um Annika beizustehen.

Doch sie möchte endlich losfahren und wiegelt ab: »Berufsrisiko. Solche Drohungen höre ich die Woche mehrmals. Bisher hat es keiner wahr gemacht. Tschüss zusammen!«, sagt sie und steigt lächelnd in ihren BMW Mini.

»Oberkommissar Lux, Kriminalpolizei Laboe«, stellt sich Niklas dem weiter zankenden Ehepaar vor. »Ich möchte bitte Ihre Personalien aufnehmen.«

»Warum denn von mir?«, regt Torsten sich auf. »Das Flittchen hat mich hinters Licht geführt. Sie ist eine Betrügerin! Die müssen Sie sich merken, Herr Kommissar.«

»Verführen ist nicht strafbar, aber Sie haben eben eine Morddrohung ausgesprochen.«

Nun mischt sich Torstens Frau Elke ein: »Das hat er nicht ernst gemeint. Mein Mann ist zwar ein Weiberheld, aber er bringt doch niemanden um.«

»Das will ich stark hoffen. Nur der Form halber. Zeigen Sie mir bitte trotzdem beide Ihre Personalausweise!«, bittet Niklas. Als Torsten ihm seinen widerwillig vor die Nase hält, schaut Niklas auf die dicke goldene Uhr an dessen Arm und erschrickt.

So spät schon?

Er wollte längst wieder in der Dienststelle sein.

Ach, Mensch, und alles wegen einer Kugel Eis.

Die hole ich mir jetzt trotzdem.

8. Kapitel

Wer hatte nur die Idee gehabt, Fische an die Decke zu malen?

Während Michael Tuchmacher auf dem supermodernen Boxspringbett liegt und die Deckendekoration in seiner Hotelsuite anstarrt, stellte sich ihm plötzlich diese Frage.

So ein Blödsinn.

Als ob Fische fliegen können.

Möwen wären passender gewesen.

Er greift nach dem geschliffenen Kristallglas auf dem Nachtschrank und kippt den verbliebenen Rest Whisky in einem Zug hinunter.

Komisch, worüber man in einer Ausnahmesituation so alles nachdenkt.

Auf einmal klopft es an der Tür zu seiner Suite.

»Ja!«, ruft er mürrisch.

Hoffentlich nicht schon wieder die nervige Kommissarin Bähr.

Was die alles von mir wissen wollte.

Michael hört, dass die Tür geöffnet wird.

Eine große, schlanke Dame in einem marineblauen Nadelstreifenkostüm mit weißem Einstecktuch betritt den Vorflur seiner Suite. Ihre Schritte werden beim Gehen von dem weichen Flokati-Teppichboden abgefedert.

Ehe sich's Michael versieht, steht sie schon am Fußende seines Betts.

»Entschuldigen Sie bitte die Störung, Herr Tuchmacher! Hedi Larsen ist mein Name. Ich bin die stellvertretende Direktorin des Hauses und möchte Ihnen unser aufrichtiges Beileid zum Ableben Ihrer Gattin überbringen.«

Michael setzt sich schnell aufrecht hin.

»Danke schön«, antwortet er verdattert. Dann schweigt er. Er weiß nicht so recht, was er mit dem Besuch anfangen soll. Gelangweilt schaut er zum Fenster.

Was will die Tante denn jetzt von mir?

Zum Glück bin ich bis auf die Schuhe vollständig angezogen.

Die nervige Kriminalkommissarin ist ja gerade erst gegangen.

Frau Larsen knetet nervös ihre langen, schmalen Finger. Ihr kirschroter Nagellack blitzt im Licht der Deckenleuchte. Sie spürt, dass sie ungelegen kommt.

Ich hätte ihn lieber anrufen sollen.

»Selbstverständlich wird Ihnen unser Personal jeden Wunsch von den Augen ablesen«, versichert sie Michael, »und Sie dürfen so lange bleiben, wie Sie wollen. Trotzdem möchte ich mir erlauben ...«, Hedi Larsen stockt kurz und beobachtet Michaels Reaktion.

Seine Augen sind gerötet.

Bestimmt hat er geweint.

So jung und schon Witwer.

Wie schrecklich.

»Ja, was denn?«, fragt Michael ungehalten und schielt nach seinem leeren Whiskyglas.

Mach's kurz, ich will an die Bar.

»Was ich sagen möchte, Herr Tuchmacher«, fährt Hedi Larsen fort, »Ihre Buchung läuft bis Samstag.

Da wir ein stark nachgefragtes Haus sind und das einzige im Premiumsegment, jedenfalls im Umkreis von gut zwanzig Kilometern Küste, würde ich gern wissen, ob Sie so lange bleiben oder eventuell ...«

»Früher abreisen?«, fällt Michael ihr ins Wort. »Auf keinen Fall! Eher verlängere ich meinen Aufenthalt sogar noch. Meine tote Frau befindet sich in der Rechtsmedizin und das kann dauern ... aber mir ist es egal, ich werde so lange auf sie warten.«

Er räuspert sich laut: »Ich bin mit meiner Christiane hierher gereist und werde mit ihr wieder abfahren, wenn auch nicht im selben Wagen«, schluchzt er.

»Natürlich, selbstverständlich. Es war nur eine Frage.«

»Dann ist ja gut«, meint Michael verärgert. »Hoffen Sie lieber, dass die in der Rechtsmedizin nichts Auffälliges finden«, sagt er, »Sie erinnern sich? Mir war seit Samstagnacht speiübel, deshalb habe ich meine Frau am Sonntag nicht auf die Bootsfahrt zu diesem verdammten Fischmarkt begleitet. Angeblich war ihr nicht gut, bevor sie gestürzt ist. Die Polizei hat es mir gerade berichtet.«

Frau Larsen verzieht erschrocken das Gesicht. Ihre Brille rutscht ein Stück die Nase abwärts.

»Du liebe Güte!«, ruft sie empört und schiebt die Brille wieder hoch. »Sie denken doch nicht, dass unser Hotel Ostseeglück etwas damit zu tun hat?«

»Wir haben Samstag bei Ihnen zu Abend gegessen, vorher ging es mir prima.«

»Aber niemand von den Hotelgästen oder Restaurantbesuchern hat sich bisher bei uns beklagt.«

Michael zuckt mit den Schultern. »Noch nicht ...«

»Bei einer Lebensmittelunverträglichkeit äußern sich die Beschwerden kurzfristig«, wehrt sich Frau Larsen.

Hätte ich den unsympathischen Mann nur nicht aufgesucht. So ein Schnösel.

»Nicht immer«, widerspricht Michael. »Aber mir geht es ja wieder gut und wir müssen die Geschichte nicht weiter thematisieren«, erklärt er gönnerhaft. »Der Kommissarin gegenüber habe ich meinen Verdacht nicht geäußert, sondern gesagt, dass ich an einem Magen-Darm-Virus gelitten habe.«

»Sicher war es so. Mit unserem Haus hatte Ihr Unwohlsein nichts zu tun.«

»Frau Larsen, wir können das nicht mehr überprüfen. Ich würde es deshalb fair finden, wenn Sie mir die Kosten für die Suite ab heute als Einzelnutzung berechnen. Meine Frau wohnt ja nicht mehr hier.«

Die stellvertretende Hoteldirektorin spitzt schnippisch ihre Lippen. »Das haben wir schon längst getan«, antwortet sie kühl. »Am Unglück unserer Gäste möchten wir nicht verdienen.«

Michael rudert jetzt zurück. »Es tut mir leid, wenn ich unhöflich war«, entschuldigt er sich. »Vielen Dank. Ich bin einfach zu aufgewühlt. Die Firma zu Hause ... das Gespräch mit der Kripo ... verstehen Sie? Die Ungewissheit, was mit Christiane passiert ist, macht mich völlig fertig.«

Frau Larsen sieht ihn mitfühlend an. »Doch, ich verstehe Sie«, sagt sie versöhnlich. »Unser Service wird alles dafür tun, um Ihnen den Aufenthalt bei uns so angenehm wie möglich zu gestalten.«

Sie tritt näher an Michaels Bett heran und reicht

ihm die Hand.

»Auf Wiedersehen, Herr Tuchmacher, und nochmals unser herzliches Beileid.«

Nachdem sie die Tür hinter sich geschlossen hat, stürmt Michael sofort an die Minibar und öffnet zwei kleine Flaschen mit Whisky.

Kaum hat er sich den Inhalt in das Glas auf dem Nachtisch gegossen, klopft es schon wieder an der Tür von seiner Suite.

»Zimmerservice!«, ruft einer der Hotelpagen.

»Wird nicht benötigt!«, schreit Michael genervt zurück und sucht nach dem »Nicht stören«- Schild, um es von außen an den Türknauf zu hängen.

Sonst hört der Stress hier nie auf.

»Ein Päckchen für Sie, Herr Tuchmacher«, entschuldigt sich der Hotelangestellte, während er die Suite betritt. »Ich sollte es sofort zu Ihnen bringen. Es könnte ja sein, dass etwas Verderbliches drinnen ist, meinte Frau Larsen.«

Michael läuft dem jungen Mann entgegen. »Ja, schon gut. Geben Sie mal her!«, mault er und drückt ihm zwei Euro in die Hand.

»Oh, vielen Dank!«, freut sich der Bote, dann geht er schnell wieder.

Misstrauisch beäugt Michael die unerwartete Sendung.

Bei dem sogenannten Päckchen handelt es sich um einen gefütterten DIN-A4-Umschlag, der recht prall gefüllt wurde.

In einen Briefkastenschlitz hätte der nicht hineingepasst.

»Hotel Ostseeglück, für Herrn Michael Tuchmacher persönlich«, steht auf der Vorderseite, rechts oben mit schwarzem Fineliner geschrieben.

Michael dreht den Umschlag um.

Kein Absender.

Nun öffnet er ihn und blickt neugierig hinein.

Eine Tüte?

Er zieht den prall gefüllten Gefrierbeutel vorsichtig aus dem Inneren des Großbriefs.

Pfui, Deibel!

Angeekelt lässt er die Tüte auf den Boden fallen und beginnt, den blutverschmierten Inhalt genauer zu untersuchen. Der Beutel enthält eine tote Ratte.

Fassungslos schaut Michael auf die arme Kreatur, in deren Schnauze eine blutverschmierte Spielkarte steckt.

Pik-Ass!

Scheiße!, denkt er und trinkt seinen Whisky in einem Zug aus.

Ich muss endlich etwas unternehmen.

9. Kapitel

Nur mit einem rosafarbenen Bademantel bekleidet, eilt Thea Jung durch das Foyer zum Eingang ihrer Villa. Unter den linken Arm hat sie sich einen Stapel Flyer geklemmt, die ein Kurier schon in wenigen Minuten abholen wird. In der rechten Hand hält sie ihr Handy und liest die sehnsüchtig erwartete Nachricht.

Ihr alter Freund Jonny hat diese geschrieben.

Melde dich bitte umgehend bei mir.

Während Thea die Werbeflyer für das Strand-Speed-Dating am Mittwoch zur Tür ihrer Villa bringt, wählt sie seine Nummer.

»Hallo!«, ertönt eine rauchige Stimme.

»Jonny!«, ruft Thea erleichtert.

»Ja, Prinzessin! Stehe zu Diensten«, meldet sich der Detektiv. »Du klingst abgehetzt.«

»Das bin ich auch. Aber nenn mich bitte nicht Prinzessin!«

»Wieso, ist er zu Hause?«

»Nein, schon wieder los. Kurzfristige Termine.«

»Na, dann. Für mich bist und bleibst du meine Prinzessin, Thea, auch wenn du dich für den schönen Ralf entschieden hast.«

»Jonny, er ist mein Mann und ich liebe ihn.«

»Ja, ja«, lacht Jonny, »ich weiß, dass ich chancenlos bin.«

Ding! Dong! Die Türglocke schellt.

»Warte einen Moment!«, bittet Thea ihren alten Freund. »Der Kurier ist da.«

»Sei vorsichtig, wenn du die Tür öffnest«, warnt Jonny sie, »schau erst durch den Spion und lass die Kette vor.«

Thea erschrickt. »So schlimm?«, fragt sie ängstlich. »Hast du etwas herausgefunden? Werde ich wirklich bedroht? Ralf glaubt, ich bilde mir das alles nur ein, weil ich überarbeitet bin.«

»Mhm«, Jonny überlegt und sagt erst einmal nichts dazu.

Ding! Dong! Es klingelt erneut.

»Nun gib mal deine Flyer ab«, bittet er Thea, »und dann reden wir weiter.«

Nachdem sie durch den Türspion geschaut hat, öffnet Thea dem Fahrradkurier die Eingangstür. »Guten

Abend, das ging ja fix.«

»Du solltest zuerst die Kette vorlassen!«, schimpft Jonny am anderen Ende der Telefonleitung.

»Sei doch mal still!«, zischt Thea und legt das Telefon auf die Konsole vor dem Flurspiegel. Dann überreicht sie dem Kurier den Stapel mit den Flyern. »Übergeben Sie diese bitte in der Strandperle unbedingt der Chefkellnerin Doreen. Sie weiß Bescheid und wollte sich um die weitere Verteilung kümmern.«

Thea reicht dem jungen Mann einen Zwanzig-Euro-Schein. »Stimmt so«, sagt sie lächelnd, »aber keine Umwege fahren, bitte! Die Abendbrotgäste sollen die Werbung alle rechtzeitig erhalten.«

Der Kurier nickt. »Geht klar, kürzester Weg«, verspricht er und grinst sie an.

Thea fällt jetzt auf, dass sie nur ihren Bademantel und unter diesem lediglich einen knappen Slip trägt. Der Gürtel hatte sich beim Hin- und Herlaufen etwas gelockert und der Kragen des flauschigen, rosafarbenen Mantels ist inzwischen so weit aufgeschlagen, dass ein Teil ihres Busens zum Vorschein kommt.

»Was ist?«, faucht sie den jungen Mann an und zieht den Gürtel wieder straff. »Noch nie eine Frau bei der Arbeit gesehen?«, fragt sie provokant. »Fahr endlich los, sonst lass ich mir gleich mein Wechselgeld rausgeben!«

»Puh!«, stöhnt Thea, nachdem sie die Tür wieder sorgfältig verriegelt hat. Sie nimmt ihr Handy und läuft zurück in die Villa. Erschöpft lässt sie sich in ihrem Arbeitszimmer in einen der mit weißem Samt bezogenen Sessel plumpsen. Dann greift sie nach der

Wasserkaraffe auf dem Beistelltisch und gießt sich das Glas mit ihrem extra aus der Schweiz angelieferten Gebirgsquellwasser randvoll.

»So, Jonny, ich bin wieder ganz Ohr. Nun berichte mal!«, fordert sie ihren alten Freund und Privatdetektiv auf.

»Ich mache es kurz, Thea. Ich glaube, du bist wirklich in Gefahr«, sagt er mit ernster Stimme, »wenn nicht sogar in Lebensgefahr!«

»Das heißt, jemand hat die Absicht, mich umbringen?«

»Ja, genau das, befürchte ich. Mein Informant ist eigentlich wasserdicht, aber ich möchte eine zweite Seite hören, um den Verdacht zu verifizieren.«

»Oh, mein Gott, was kann ich tun, Jonny? Meinst du, ich sollte lieber meine Pistole aus dem Safe holen und bei mir tragen?«, fragt Thea aufgeregt. »Ich weiß gar nicht mehr, wie das Ding funktioniert.«

»Dann lass es lieber bleiben. Wir besprechen nachher alles. Eins nach dem anderen. Vorerst ist es wie bei den sieben Geißlein, du öffnest bitte niemandem die Tür.«

Thea quält sich ein Lachen ab. »Und wenn der böse Wolf doch ins Haus kommt, verstecke ich mich im Uhrkasten? Jonny, du hast Nerven!«, jammert sie.

»Nein, dann musst du die Polizei informieren, würde ich vorschlagen.«

»Was? Spinnst du? Dann kann ich geschäftlich einpacken. Außerdem hast du vorerst nur eine starke Vermutung, sagtest du.«

»Genau. Heute Abend weiß ich mehr. Können wir

uns sehen? Ich möchte dir gern ein paar Fotos zeigen.«

»Natürlich. Ich weiß aber nicht, ob Ralf nachts zurückkommt. Er meinte, das Treffen mit den dänischen Investoren für sein neues Immobilienprojekt könnte bis Mitternacht dauern. Abendbrot essen, Barbesuch ... er plant das volle Programm. Vielleicht übernachtet er anschließend gleich in Kiel im Hotel.«

»Na, so lange werde ich nicht bleiben. Schon in einer guten Stunde schaue ich bei dir auf ein Glas Wein vorbei.«

»Oh, fein! Ich öffne dir gern deinen Lieblingsbordeaux.«

»Danke, Thea, du bist ein Schatz! Ralf hat dich nicht verdient. Bis später, Prinzessin.«

»Jonny!«, ermahnt Thea ihn. »Fang nicht schon wieder damit an. Finde lieber heraus, wer mir nach dem Leben trachtet! Tschüss!«, sagt sie und legt auf.

Wer würde mich denn schon bedrohen?

Dabei kann es sich nur um einen verärgerten Klienten handeln, der den Treuetest nicht bestanden hat.

Bisher haben sich solche unschönen Dinge doch immer mit Geld regeln lassen. Bloß keine Polizei.

Zur Not muss ich mir einen Bodyguard anheuern und wenn Ralf so weitermacht, wird der mich auch nachts hautnah bewachen.

Dienstag

10. Kapitel

Hauptkommissarin Bähr streckt ihre müden Beine unter dem Schreibtisch aus und gähnt. Selbst nach drei Bechern starken Kaffees, der heute Morgen von Stefan zubereitet wurde und deshalb an einen Espresso heranreicht, wird sie nicht richtig wach.

Nach dem körperlich sehr anstrengenden Arbeitseinsatz im Garten von Lisas Eltern hatte Gesa so tief geschlafen, dass ihre Tochter Svenja, die diesen Sommer wieder in der Strandperle jobbt und früher aufsteht als ihre Mutter, Gesa mehrmals wachrütteln musste. Sie hatte ihren Wecker einfach mehrmals ausgedrückt.

Gesa schüttelt ihre Beine unter dem Tisch aus.

Nützt ja nichts!

Ich muss langsam in die Puschen kommen.

Frustriert schaut sie auf den fünfzehn Zentimeter hohen Aktenberg vor sich.

So viel Papier. Dabei ist der Fall doch keine zwei Tage alt.

Auf Gesas Computer ist gerade nur der Bildschirmschoner mit der Dünenlandschaft zu sehen.

Zu wenig Aktivität.

Oje! Meine angefangene Tabelle ist noch nicht gespeichert!

Sofort klickt sie hektisch auf ihrer Computermaus herum, aber vergebens. Die Maus hat wieder einmal die Bluetooth-Verbindung verloren. Wütend schiebt sie diese hin und her und versucht, den abgebrochenen Funkkontakt mit ein paar Doppelklicks wiederherzustellen. Jedoch ohne Erfolg.

Dieses schwankende Netz macht mich wahnsinnig.

Wenn der Zimmermann nicht bald unsere EDV modernisieren lässt, schreibe ich eine Beschwerde an den Landespolizeidirektor.

Ach was, besser an die »Ostseebild«.

Schlechte Presse fürchtet der eitle Kerl am meisten.

Ihr Vorgesetzter von der Bezirkskriminalinspektion in Kiel, deren Außenstelle Gesa in Laboe leitet, kümmert sich ihrer Meinung nach zu wenig um eine moderne Ausstattung ihrer Dienststelle.

Ohne unseren begeisterten Hobbytechniker Lasse würde hier gar nichts mehr laufen.

Lasse muss mir helfen.

Gesa steht auf, um ihn aus dem Großraumbüro zu holen, da klingelt ihr Telefon auf dem Schreibtisch.

Von intern. Es ist Lisa.

»Hauptkommissar Zimmermann für Sie, Chefin«, berichtet die Kriminalobermeisterin. »Ich weiß nicht, was er will. Es wäre persönlich, sagt er. Soll ich durchstellen?«

Auch das noch.

Wenn man an den Teufel denkt ... ist er nicht weit.

»Ja, Lisa. Ich übernehme.«

»Viel Glück!«

»Bähr. Moin, Kollege Zimmermann, womit kann ich dienen?«

»Meine liebe Frau Bähr ...«, beginnt ihr Vorgesetzter.

Heiliger Klabautermann, er will tatsächlich etwas Persönliches.

»Sie müssen mir aus der Patsche helfen. Ich zapple im Netz meiner Verpflichtungen, schlimmer als ein

Hering auf dem trockenen Land.«

»Na, dann mal Butter bei die Fische, Kollege!«, ermuntert Gesa ihn.

Nun bin ich gespannt.

Vielleicht benötigt er kurzfristig eine Ferienwohnung.

Aber bei meinem Schwager Gerd ist alles ausgebucht.

»Es geht um unsere Nichte Olivia, die gleichzeitig das Patenkind meiner Frau Elisabeth ist. Das Mädel ist die Tochter ihrer früh verstorbenen Schwester und liegt meiner Frau besonders am Herzen.«

»Das kann ich gut verstehen«, meint Gesa mitfühlend. »Wie alt ist denn das Mädchen?«

»Sie wird im Herbst fünfundzwanzig, ist also schon eine junge Frau. Olivia studiert Medienwissenschaften. Sie möchte Journalistin werden und interessiert sich sehr für die Kriminalberichterstattung. Ich verrate Ihnen ein kleines Geheimnis: Sie hat schon etliche Artikel für unseren Kieler Polizeireporter verfasst. Natürlich unter meinem Kürzel HK. Z.«

Typisch, dass er sich mit fremden Federn schmückt.

»Das ist sehr interessant, aber was konkret kann ich denn für Sie tun, Kollege Hauptkommissar? Wir haben eine ungeklärte Todesursache auf dem Tisch.«

»Sehen Sie, und das passt prima. Da hat Olivia gleich einen realen Fall für ihre Recherchen.«

»Äh, Moment mal! Verstehe ich Sie richtig?«

»Wie immer, verstehen Sie mich sofort, Kollegin Bähr. Meine Nichte benötigt kurzfristig einen Praktikumsplatz.«

»Warum denn bei uns, in der tiefsten Provinz?«, versucht Gesa tiefzustapeln. »Was soll sie hier schon Neues erfahren? Bei Ihnen in der Zentrale laufen doch die hochkarätigen Fälle auf, da werden Sonderkommissionen gebildet, das Landeskriminalamt hinzugezogen ...«, Gesa redet sich in Rage.

»Das ist es ja gerade, und deshalb kann ich Olivia in Kiel nicht unterbringen. Im Vertrauen, ich habe es versucht und gedacht, dass es kein Problem sei. Aber die Kollegen haben abgelehnt. Gestern war Olivia bei mir im Büro. Aber sie will hier weg. Sie würde sich zu Tode langweilen und keinen vernünftigen Bericht für ihre Hausarbeit zusammenbekommen. In Ihrem jungen, freundlichen Team wird sie sich bestimmt wohler fühlen als bei mir altem Knochen.«

Gesa klappt die Kinnlade runter.

Wie komme ich aus der Nummer wieder raus?

»Aber die Geheimhaltung!«, startet sie einen neuen Versuch. »Wir ermitteln höchstwahrscheinlich in einem Mordfall. In der Rechtsmedizin weist alles darauf hin.«

»Umso besser! Olivia wird bei mir eine Verschwiegenheitserklärung unterschreiben und ich nehme ihren Einsatz auf meine Kappe. Keine Angst, Frau Hauptkommissarin, ich trage die Verantwortung.«

Alles andere wäre ja noch schöner.

Gesa gibt sich geschlagen.

»Und wann kommt die junge Dame?«

»Mit dem Mittagsbus.«

»Also heute«, stellt Gesa resigniert fest. Dann hat sie eine Idee.

»Ihre Nichte benötigt doch einen Arbeitsplatz. Ein Tisch und ein Stuhl lassen sich bei der Schutzpolizei kurzfristig auftreiben. Für eine Woche muss es ja nicht der ergonomisch letzte Schrei sein ...«

»Olivia stellt keine hohen Ansprüche«, fällt ihr Zimmermann ins Wort, »und falls Sie auf einen neuen Computer aus sind, Hauptkommissarin Bähr ... Meine Nichte verfügt über einen eigenen Laptop. Sie benötigt nur eine Steckdose.«

Bei uns ist keine mehr frei, liegt es Gesa auf der Zunge. Doch sie schweigt.

»Ist nun alles klar?«, fragt Zimmermann. »Bitte kümmern Sie sich gut um Olivia und richten Sie das auch Ihrem Team aus.«

»Mach ich«, verspricht Gesa müde.

»Prima. Dann auf Wiedersehen und viel Erfolg bei der aktuellen Ermittlung! Sie haben jetzt sogar eine tüchtige Kraft mehr. Da sage mal einer, dass ich nicht für ausreichend Personal sorge.«

Noch ein Wort und ich schneide das Telefonkabel durch.

»Wiedersehen, Hauptkommissar Zimmermann«, sagt Gesa und knallt wütend den Hörer auf die Gabel.

11. Kapitel

Michael Tuchmacher versucht, so unauffällig wie möglich an der Rezeption des Hotels Ostseeglück vorbeizuschleichen, aber vergebens.

»Herr Tuchmacher!«, ruft die freundliche Frau Wiese. Sie besitzt die unschätzbare Gabe, sich die Namen der Gäste schon nach kürzester Zeit merken zu können. »So warten Sie doch!«, bittet sie Michael, den sie trotz dunkler Sonnenbrille und tief in die Stirn gezogenem Baseballcap sofort erkannt hat.

»Mein aufrichtiges Beileid. Wir sind alle zutiefst bestürzt. Wenn ich irgendetwas für Sie tun kann, lassen Sie es mich wissen. Ich habe hier einen Brief für Sie, wahrscheinlich schon die erste Kondolenzpost, ein kleiner Junge hat ihn abgegeben«, erklärt sie Michael, als er vor ihr am Empfangstresen steht, und überreicht ihm den Brief.

Er erschrickt.

Nicht schon wieder!

Auf dem vornehmen Büttenpapier des Umschlags steht lediglich sein Name geschrieben.

»Vielen Dank!«, sagt er schnell. »Sie entschuldigen mich, ich habe es eilig«, und schon hat er sich aus dem klimatisierten Foyer des Luxushotels durch die Drehtür hinausgeschlängelt.

Die heiße Luft vor dem Hotel erschlägt ihn fast.

Bereits am Vormittag sind es draußen über dreißig Grad im Schatten und der ablandige Wind sorgt dafür, dass von der nahen Ostsee keine Abkühlung herüberweht.

Michael reißt sich die obersten Knöpfe seines Hemdes auf.

Er muss sich beeilen. Die Bank schließt über Mittag. Verdammte Provinz, denkt er und schaut prüfend auf die Rolex-Uhr an seinem Handgelenk.

Na, eine Stunde Zeit habe ich ja noch, beruhigt er sich.

Zu Fuß sind es nur zehn Minuten bis zu der kleinen Filiale der Nordbank.

Zum Glück ist diese ein Tochterunternehmen meiner Hausbank in München.

Kaum ist er ein paar Meter den Dünenweg entlanggelaufen, vibriert Michaels Handy in seiner Leinenhose. Wegen des Bankbesuchs hatte er sich für die lange Hose entschieden, obwohl er das schon nach den ersten Minuten in der sengenden Hitze bitter bereut hat.

Mit schwitzigen Händen fummelt er sein Telefon aus der Hosentasche.

Der zweite Prokurist von der Sportbekleidungsfirma seiner Frau ist am Apparat.

»Herr Tuchmacher, mein Beileid! Und Entschuldigung, dass ich Sie jetzt anrufe.«

»Was gibt's denn?«, fragt Michael, obwohl er sofort ahnt, was der Chefbuchhalter möchte.

»Ich habe eine E-Mail-Anfrage von einer Bank aus Kalifornien in Norddeutschland erhalten. Ist das möglich? Ich dachte an einen Scherz ...«

»Alles in Ordnung. So heißt das Seebad an der Ostsee, in dem ich mit meiner Frau Urlaub machen wollte.«

»Ach so. Es geht um die Auszahlung eines größeren Barbetrages ...«

»War es das dann?«, unterbricht Michael den Buchhalter. »Der Empfang ist gleich weg. Machen Sie sich keine Sorgen. Es ist alles in Ordnung. Ich bin ja bald zurück und werde mich selbst um diese geschäftlichen Angelegenheiten kümmern. Erst einmal muss ich hier klären, was mit meiner Frau Christiane passiert ist.«

»Verstehe. Wir sind zutiefst bestürzt und planen eine Trauerfeier für unsere Firmenchefin.«

»Das ist sehr lieb, aber jetzt muss ich auflegen, gleich bin ich im Funkloch.«

Fünf Minuten später steht Michael vor der Bankfiliale.

Er setzt sein Käppi ab und nimmt die Sonnenbrille aus dem Gesicht, dann öffnet er die verstaubte Glastür.

Niemand zu sehen.

Der einzig verfügbare Mitarbeiter taucht jetzt mit dem Kopf hinter dem Kassentresen auf.

»Entschuldigung, ich habe nur die Fächer mit den Formularen aufgefüllt. Sie wünschen?«

Misstrauisch beäugt Michael den älteren Herren.

Hat der nicht am Samstag die Kurkarten am Strand kontrolliert?

»Tuchmacher ist mein Name. Ich habe eine Barauszahlung angemeldet. Es handelt sich ...«

Als eine Frau mit zwei kleinen Kindern die enge Filiale betritt, verstummt er lieber und reicht dem Bankbeamten seinen Ausweis und den Ausdruck seiner E-Mail über den Tresen.

»So viel?«, ruft der laut. »Sie machen wohl Scherze! Wir sind doch nicht die Bank von England. Nur von Kalifornien, ha, ha!«

»Aber ...« Michael ist verwirrt.

»Keine Angst«, beruhigt ihn der Bankmitarbeiter. »Ich habe Ihr Anliegen an unsere Zentrale in München gemailt.«

Na, danke!

Michael läuft rot an. Er ist sichtlich bemüht, nicht die Beherrschung zu verlieren. »Guter Mann, ich bin aber nun mal hier und nicht zu Hause in München.«

»Warum überweisen Sie den Betrag nicht einfach?«, wehrt sich der Bankbeamte. »Bei Barauszahlungen von Beträgen über 50.000 Euro muss ich ohnehin das Finanzamt über die Herkunft informieren«, belehrt er ihn.

»Ich hatte nicht vor, Steuern zu hinterziehen«, zischt Michael wütend.

Ich muss hier raus.

Diskretion ist für den ein Fremdwort.

Die Frau mit den zwei Kindern tut so, als ob sie dem Jüngeren die Nase putzt, aber Michael sieht deutlich, dass sie permanent die Ohren spitzt.

Doch der Herr hinter dem Kassentresen gibt nicht auf. »Wenn Sie das Geld so dringend benötigen, Herr Tuchmacher, könnten Sie einen Transfer zu einer Großbank in unserer Landeshauptstadt durchführen und sich dann dort in ein bis zwei Tagen die gewünschte Summe bar auszahlen lassen«, schlägt er vor.

»Danke«, stammelt Michael. »Ich werde es mir überlegen.«

Dann verlässt er die kleine Filiale wieder.

Als er ein paar Meter weiter auf einer Parkbank an der Uferpromenade sitzt und ratlos auf den Boden starrt, fällt ihm der Brief, den Frau Wiese ihm im Hotel gegeben hat, wieder ein.

Er zieht den zerknickten Umschlag aus seiner Gesäßtasche und öffnet ihn.

Der Text auf dem innen liegenden Blatt Papier wurde, wie sein Name auf dem Kuvert, mit dem Computer geschrieben und ausgedruckt.

»Planänderung. Ich zahle dir jede Summe. Nächste Anweisung folgt.«

Michael wird abwechselnd heiß und kalt.

Was soll das dann jetzt?

Ich hätte mich nie darauf einlassen dürfen.

Aber vielleicht ist es meine letzte Chance.

Er denkt an die tote Ratte und schwankt zum nächsten Kiosk.

Ich brauche dringend einen Schnaps.

Sonst kann ich nicht klar denken.

12. Kapitel

Stefan und Lisa bemühen sich nach Kräften, den ovalen Besuchertisch, der gleichzeitig als Besprechungstisch von dem fünfköpfigen Kripoteam genutzt wird, dichter an die Wand zu bugsieren.

»Wenn wir ein wenig zusammenrücken, passen wir trotzdem alle ran«, meint Lisa zuversichtlich.

Stefan verzieht mürrisch sein Gesicht. Er hat den Schock, den Gesas Nachricht bei ihm ausgelöst hat, nicht ganz so schnell verdaut wie seine Kollegin.

Der Zimmermann spinnt, uns seine Nichte während der Ermittlungen aufs Auge zu drücken.

»Wir sind doch kein Kindergarten!«, schimpft er und lässt seine Seite des Tisches krachend auf den Boden plumpsen.

Lisa springt erschrocken beiseite. »Stefan, die Frau ist fast fünfundzwanzig und muss nicht betreut werden! Nun beruhige dich mal wieder! Vielleicht ist sie ja ganz nett. Sie ist die Nichte von Elisabeth Zimmermann und die ist eine sehr freundliche Person. Ich saß vor zwei Monaten beim Meerjungfrauen-Kostümwettbewerb direkt neben ihr.«

Stefan rollt mit seinen großen, braunen Augen.

Und ich neben dem Alten.

Wenn ich daran zurückdenke. Schrecklich war das.

Es poltert vor der Tür zum Großraumbüro.

»Das werden Lasse und Iversen mit dem Schreibtisch für die Praktikantin sein«, vermutet Lisa.

Die Tür fliegt auf und Polizeimeister Iversen von der Schutzpolizei aus dem Erdgeschoss kommt herein. Er trägt ein Stehpult. Lasse folgt ihm grinsend. Der Polizeischüler balanciert einen riesengroßen, dunkelblauen Sitzball vor seinem Bauch.

Stefan bekommt einen Lachanfall.

»Also, den Kram hätten wir auf dem Zwischenflur abstellen können«, prustet er los, »dafür müssen wir nun wirklich nicht das halbe Büro umräumen.«

»Tut mir leid, Kollegen«, entschuldigt sich Iversen. »Was anderes haben wir nicht. Den letzten überzähligen, alten Schreibtisch haben wir euch voriges Jahr für den neuen Oberkommissar überlassen ... Wo steckt denn der Lux überhaupt? Sein Rennrad parkt gar nicht vor der Tür.«

»Er ist in Kiel, im Rechtsmedizinischen Institut«, klärt Lisa den Polizeimeister auf.

»Ach was? Da fährt doch sonst immer die Bärin hin. Schon wegen des smarten Doc Isenberg. Man munkelt, die beiden sind noch zusammen. Oder? Bei Gesa weiß man das ja nie so genau.«

»Den Lux zieht es jetzt eben auch nach Kiel, seine neue Freundin wohnt dort«, verrät ihm Stefan, »vielleicht wechseln sich unsere Kommissare deshalb ab.«

»Eure Gespräche sind schlimmer als der morgendliche Tratsch vor Fischer Frieses Verkaufswagen. Lasst das bloß nicht die Chefin hören!«, ermahnt Lisa die beiden Lästermäuler.

Stefan sieht sie erschrocken an. »Wenn du uns nicht verpetzt, Lieschen«, bittet er, »erfährt sie es nicht. Ist doch nur Spaß.«

Iversen haut ihm auf die breiten Schultern: »Wie sieht es denn mit dir aus, Großer? Vossi, du gehst auf die Dreißig zu ... was geht ab bei den Frauen? Keine gut genug?«

»Ich arbeite daran. Hab wenig Gelegenheiten ... der zeitraubende Job und am Wochenende Fußballspiele«, redet sich der neunundzwanzigjährige Kriminalmeister heraus.

Dabei hat Stefan erst vor zwei Wochen, an seinem freien Tag, selbst an einem Speed-Dating der Agentur »Küstenherz« teilgenommen. Um nicht gesehen zu werden, ist er extra achtzig Kilometer weit weg an den Strand von Travemünde gefahren. Leider ohne Erfolg, obwohl er sich bei einer der jungen Frauen um den Kontakt bemüht hatte.

Iversen zieht jetzt einen zusammengefalteten Flyer aus der Hemdtasche seiner Uniform. »Hier!«, sagt er und wedelt Stefan damit vor der Nase herum. »Den Flyer gab es gestern zum Abendbrot in der Strandperle gratis dazu. Umgekehrt wäre es mir lieber gewesen. Aber was soll's. Meine Frau fand es lustig und da habe ich das Teil eingesteckt.«

»Worum geht es denn?«, fragt Lisa neugierig.

»Lisa, das habe ich dir doch gestern schon erzählt«,

meint Stefan und tut gelangweilt. »Die Agentur Küstenherz veranstaltet an unserem schönen Strand ein Speed-Dating für jedermann.«

»Stimmt genau!«, bestätigt Iversen. »Damit ihr einsamen Nordlichter euch endlich traut ...« Er zwinkert Lisa zu: »Ich lasse den Flyer mal hier.«

Lasse kommt auf dem Sitzball angehüpft.

»Zeig mal!«, bittet er und hangelt sich den stark abgegriffenen Prospekt vom Empfangstresen.

»Was ist denn hier los?«, ruft Hauptkommissarin Bähr, die von allen unbemerkt ihr Einzelbüro verlassen hat und auf einmal hinter den Kollegen steht.

»Lasse«, wundert sie sich, »haben Sie Ihre Krankengymnastik zu uns ins Büro verlegt oder ist Ihnen die gestrige Feier anlässlich Ihrer bestandenen Prüfung zu Kopf gestiegen?«

»Der Ball ist doch für die Praktikantin, die Nichte vom Zimmermann«, antwortet der Polizeischüler kleinlaut. »Ich habe nur probiert, ob er keine Luft lässt.«

Gesa schaut kopfschüttelnd zuerst auf Lasse und dann auf das Stehpult vor der Tür. Es befindet sich immer noch dort, wo Iversen es vor ein paar Minuten abgestellt hat, und versperrt den Eingang.

»Iversen, hast du einen Flohmarkt geplündert? Was soll ich mit dem Zeug?«, schimpft Gesa. »Muss ich mich denn um alles allein kümmern?«

»Sieht wohl so aus, Bärin«, kontert Iversen, der Gesa seit über zwanzig Jahren kennt, »du hast dir Zimmermanns Nichte aufschwatzen lassen, aber versäumt, das nötige Equipment zu besorgen.«

Gesa winkt ab. »Glaub mal nicht, dass ich es nicht

versucht habe!«

Sie lächelt jetzt süßsauer.

Was soll's.

»Egal! Stellt den Kram bitte etwas seitlich vom Besprechungstisch auf. Wenn es der Olivia zu bunt wird, kann sie an den großen Tisch überwechseln.«

»Olivia heißt sie? Hübscher Name«, meint Lisa.

Gesa stutzt kurz. »Ach, hatte ich das noch gar nicht gesagt? Leute, ich bin doch selbst überrumpelt worden. Nun richtet endlich den Arbeitsplatz ein. Lasse, zieh mal ein Verlängerungskabel in die Ecke! Die Frau benötigt eine Steckdose.«

»Jawohl, Hauptkommissarin Bähr!« Lasse hüpft mit dem Ball über den Flur zum Besenschrank, in welchem er ein Kabel mit einer Dreifachsteckdose vermutet.

»Und was ist mit Ihnen, Stefan?« Gesa sieht Kriminalmeister Voß verwundert an. »Träumen Sie?«

»Äh, nein! Verzeihung, geht sofort los.« Er greift sich das Stehpult und trägt es an das andere Ende des Büros.

Lisa sieht auf die runde, weiße Wanduhr, die über der Eingangstür hängt. »Beeilt euch!«, ruft sie Lasse und Stefan zu. »Der Mittagsbus müsste jetzt ankommen.«

»Ich geh dann mal wieder«, verabschiedet sich Iversen. »Viel Spaß mit Zimmermanns Nichte. Falls sie zu anstrengend wird, schickt sie zu uns auf einen Kaffee runter.«

Gesa sieht ihn strahlend an. »Mensch, Iversen, du kannst ja richtig charmant sein. Danke schön.«

Er lacht. »Erzähl das mal meiner Frau!«

Zehn Minuten später klopft es an der Tür.

»Herein!«, ruft Stefan von seinem Schreibtisch. »Lasse, öffne unserem Gast bitte die Tür!«

Lasse verlässt sofort seinen Platz hinter dem Empfangstresen. Doch im selben Moment wird die Tür schon aufgestoßen und Hauptkommissar Zimmermanns Nichte betritt den Raum.

»Moin, zusammen! Ich bin Olivia«, grüßt sie laut und freundlich.

Stefan bleibt fast das Herz stehen, als er sie sieht. Er taucht sofort hinter seinem Bildschirm ab.

Sie ist es.

Sein Schwarm vom Speed-Dating in Travemünde.

Der Name kam mir gleich bekannt vor.

Obwohl, so selten ist der gar nicht.

Wie soll ich diese Woche nur überleben?

13. Kapitel

Ich verstehe es nicht.

Oberkommissar Lux ist inzwischen im Rechtsmedizinischen Institut angekommen. Doch seine Gedanken sind immer noch bei dem Gespräch mit seiner Freundin Swantje, mit der er sich kurz zuvor zum Mittagstisch beim Italiener um die Ecke getroffen hatte.

Sie möchte eine Auszeit.

Es liegt nicht an ihm. Swantjes ungeklärte Familienangelegenheiten würden zwischen ihnen stehen, hat sie ihm versichert. Deshalb möchte sie diese erst bereinigen, bevor sie Niklas wiedersieht.

Blödsinn!

Müssten sich dann nicht neunzig Prozent aller Paare trennen?

In fast jeder Beziehung gibt es doch mal Probleme mit den Familienangehörigen. Stellt man deshalb gleich seinen Partner in Frage? Vor allem, wenn er nichts damit zu tun hat.

Als ermittelnder Kommissar habe ich mir nichts vorzuwerfen.

Im Gegenteil, ich habe Swantje vertraut und meinen Job für sie riskiert.

Je näher Niklas den Räumen für die Obduktion kommt, umso klarer erscheint ihm plötzlich seine persönliche Situation.

Auch wenn der Vergleich etwas makaber ist.

Endstation erreicht.

Eine Auszeit – das bringt doch nichts.

Die ist seiner Meinung nach der Anfang vom Ende einer jeden Beziehung. Jedenfalls wenn man erst vier Monate zusammen ist, so wie er und Swantje. Wobei man in den letzten zwei schon nicht mehr von einer Liebesbeziehung, sondern eher von einer Freundschaft reden müsste.

Vielleicht sollten wir es dabei belassen, denkt Niklas traurig und klopft an die Tür zum Obduktionszimmer 2.

»Guten Tag, Herr Dörfler!« Niklas reicht dem Assistenten des Rechtsmediziners Dr. von Isenberg zur Begrüßung die Hand. Friedhelm Dörfler, der Niklas nur bis zur Brust reicht, schüttelt ihm lange und kräftig den Arm. »Schön, dass Sie uns einmal allein die

Ehre erweisen, Oberkommissar Lux«, sagt er und tänzelt ausgelassen um ihn herum.

Niklas möchte etwas erwidern, aber Friedhelm redet wie aufgezogen weiter, ohne seine Hand loszulassen.

»Ich weiß, Ladys first. Gesa hat die älteren Rechte und seit einiger Zeit einen guten Grund mehr, uns öfter zu besuchen.«

Er kichert verstohlen und gibt endlich Niklas' Hand frei. »Ich freue mich für die Hauptkommissarin. Obwohl ich mich ein wenig gewundert habe. Ja, ja, die Liebe ist ein seltsames Spiel«, trällert er leise vor sich hin.

Niels von Isenberg kommt jetzt mit einem Computerausdruck voller Zahlenreihen auf Friedhelm und Niklas zu. Er hatte nebenan im Labor noch auf die letzten Ergebnisse gewartet.

»Oberkommissar Lux, willkommen!«, ruft er freudig. »Haben Sie Friedhelms Begrüßungsansturm ohne Schaden überlebt? Aber er beißt ja nicht, er singt nur oder sagt philosophische Verse auf. Je nachdem, wie er gelaunt ist.«

Von Isenberg lacht laut. »Es ist eben Friedhelms Art, Freude zu zeigen. Außer meiner Wenigkeit hat er ja selten jemand Lebendiges um sich«, lästert der Pathologe.

»Ach, ich fühle mich hier ausgesprochen wohl«, kontert Friedhelm, »mortui vivos docent.«

»Die Toten lehren die Lebenden«, übersetzt Niklas sofort das lateinische Sprichwort. »Was lehren sie uns denn in dem neuen Fall? Welche Anhaltspunkte gibt uns Christiane Tuchmachers Leichnam?«, fragt er die beiden.

Dr. von Isenberg zeigt mit dem Arm auf seinen Assistenten. »Friedhelm! Ich überlasse Ihnen das Wort. Sie hatten ohnehin die meiste Arbeit mit der Dame und der entscheidende Hinweis kam von Ihnen.«

Friedhelm reißt erstaunt die Augen auf und fühlt sich trotz seiner untersetzten Statur gerade wie ein Riese.

Der Doc kann ja auch anders.

Seine Arroganz ist wahrscheinlich nur Fassade.

Sonst wäre Gesa sicher nicht mit ihm zusammen.

Von Isenberg sieht auf seinen überraschten Assistenten und fährt sich verlegen mit der Hand über den raspelkurzen, weißblonden Haarschopf.

»Nun mal los, Friedhelm!«, ermuntert er ihn. »Nehmen Sie sich meinen Zeigestab und decken Sie bitte den Leichnam ab, damit der Kollege Lux sich endlich ein Bild machen kann!«

Ich hätte ihn nicht loben dürfen.

Jetzt wird er mich wieder mit seinen Gedichten nerven.

Von Isenberg war es anfangs schwergefallen, sich an die Zusammenarbeit mit dem extravaganten Assistenten von Dr. Karin Rose zu gewöhnen. Die Pathologin bereist während ihres Sabbatjahres gerade die entlegensten Winkel der Erde. Nicht zuletzt, um in Gesas Zuständigkeitsbereich tätig zu sein, war Niels von Isenberg extra von der Rechtsmedizin Lübeck nach Kiel gewechselt. Seine dortige Assistentin, die hübsche einunddreißigjährige Lorena, hatte ihm jeden Wunsch von den Lippen abgelesen, im Gegensatz zu dem eigensinnigen, älteren Friedhelm. Der hat sich nun mit erhobenem Zeigestab am Kopfende vom

Obduktionstisch aufgestellt.

Von Isenberg muss heimlich grinsen.

Sieht lustig aus.

Als wäre Friedhelm ein Zauberer, der gleich ein weißes Kaninchen aus dem Hut hervorholt.

»Bitte schön, Herr Oberkommissar!«, verkündet Friedhelm und zieht das Laken vom Leichnam der Christiane Tuchmacher.

Dann führt er den Stab über die Stirn der Verstorbenen.

»Diese Fraktur des Stirnknochens«, erklärt er Niklas, »welche die Frau durch den Sturz erlitten hat, war infolge der damit einhergehenden Gehirnverletzung zwar tödlich, aber nicht ursächlich für ihren Tod.«

Niklas nickt. Er hat den Bandwurmsatz auf Anhieb verstanden, fragt aber trotzdem nach den Details: »Das heißt, sie war schon tot, während sie gefallen ist?«

»Zumindest ohnmächtig, denn sie besitzt keinerlei Abwehrspuren an den Händen oder Armen. Niemand würde einfach so mit der Stirn aufschlagen. Instinktiv strecken wir die Hände nach vorn, um uns abzufangen. Die Bewusstlosigkeit der stürzenden Frau ist dann innerhalb von Minuten in einen Herzstillstand durch multiples Organversagen übergegangen.«

»So ist es Friedhelm!«, bestätigt Dr. von Isenberg. »Ich übernehme wieder.«

Friedhelm sieht den Pathologen enttäuscht an.

Ach, das war schon alles.

»Oder wollen Sie noch länger auf die Tote

schauen?«, fragt Dr. von Isenberg den Oberkommissar.

Niklas verneint.

Ich gewöhne mich da nie dran.

»Wenn es nicht zielführend ist«, antwortet er, »dann können wir den Rest der Besprechung ohne diesen traurigen Anblick fortführen.«

»Das dachte ich mir«, meint von Isenberg. »Unser weiterer Bericht umfasst ohnehin nur noch die Auswertung des Toxscreens, den ich ja überhaupt erst nach Friedhelms genialem Hinweis so präzise durchführen konnte. Denn ...«

Friedhelm vervollständigt den Lieblingssatz des Rechtsmediziners: »... wonach wir nicht suchen, das können wir auch nicht finden!«, rufen beide im Chor.

Niklas muss schmunzeln.

Die zwei sind schon ein kurioses Gespann.

Aber erfolgreich.

»Was haben Sie denn herausgefunden?«, will er wissen.

»Das erklären wir Ihnen in meinem Büro, hier ist es immer so kühl«, antwortet Dr. von Isenberg. »Obwohl – bei der Sommerhitze ist es ganz angenehm.«

»Wir?«, fragt Friedhelm.

»Ja, natürlich. Oder mögen Sie meinen Kaffee nicht, Friedhelm?«

»Äh, ich trinke Tee … Aber ich komme trotzdem gern mit.«

14. Kapitel

Zwei Stunden später wird Oberkommissar Lux bereits sehnsüchtig erwartet, und das nicht nur, weil Gesa und ihr Team erfahren möchten, wie Christiane Tuchmacher ums Leben kam. Alle sind auf seine Reaktion gespannt, wenn er erfährt, dass, während er in Kiel war, unverhofft Verstärkung in der Kripo Laboe eingetroffen ist.

Lasse und Lisa tauschen sich in der Küche darüber aus.

»Was der Oberkommissar wohl von der neuen Praktikantin hält?«, überlegt Lisa laut.

»Vor allem, wenn er erfährt, dass sie die Nichte vom Zimmermann ist«, meint Lasse und füllt Kaffeepulver in den Filter der Kaffeemaschine.

»Nimm einen Löffel mehr, Lasse!«, sagt Lisa. »Ich finde Olivia aber wirklich nett. Sie hat sich ganz unkompliziert auf den blöden Ball gesetzt und ihren Laptop auf dem Stehpult abgelegt, als wäre es das Normalste auf der Welt.«

»Und sie ist hübsch«, ergänzt Lasse. »Leider zu alt für mich«, bedauert der neunzehnjährige Polizeischüler. »Aber ist dir aufgefallen, wie der Vossi geguckt hat, als sie zur Tür hereinkam? Stielaugen hat der gemacht und dann hat er sich hinter seinem Bildschirm versteckt. Ich glaube, der hat sich schockverknallt.«

»Mhm. Ich fand seine Reaktion auch übertrieben, aber eher andersherum. Stefan war sehr reserviert, dabei hat ihn Olivia freundlich angelächelt.«

»Ihr Lächeln ist richtig süß und sie hat einen coolen Style. Bisschen hippiemäßig mit der Schlaghose und dem Ringelshirt, aber besser als so eine aufgetakelte Tussi. Ich glaube, Stefan mag solche Frauen. Die ist auch sportlich. Hast du gesehen, wie locker sie auf dem Riesenball sitzt? Das ist gar nicht so einfach, darauf die Balance zu halten«, erklärt Lasse seiner Kollegin.

Die beiden bemerken nicht, dass Niklas Lux, der das Büro gegenüber hat, schon über den Flur läuft.

»Hallo!«, ruft er in die Küche, während er den Kopf durch den Türspalt steckt. »Das duftet genau richtig. Bitte zwei Kannen kochen! Wir treffen uns in zehn Minuten alle vorn im Großraumbüro.«

Lisa und Lasse sehen den Oberkommissar erstaunt hat.

Hat er Olivia gar nicht bemerkt?

Doch der klopft bereits bei der Hauptkommissarin an die Tür.

»Hallo, Gesa, ich bin zurück!«

»Komm rein, Niklas! Hoffentlich mit neuen Erkenntnissen.«

»Ja, es war definitiv Mord. Alles andere in zehn Minuten bei der Teamsitzung.«

»Habe ich eine angesetzt? Oder wir beide?«

Schon wieder diese Eigenmächtigkeiten.

Das gewöhnt der sich nie ab.

»Entschuldige Gesa, ich wollte dich von unterwegs anrufen.«

»Und warum hast du das nicht getan? War es im Dienstopel zu laut?«

»Nein, ich habe die ganze Fahrt über mit Swantje geredet.«

»Du siehst nicht glücklich aus.«

»Bin ich auch nicht. Es ist aus.«

»Das tut mir wirklich leid, Niklas. Es war einfach Schicksal, dass es so gekommen ist.«

»Wahrscheinlich. Durch den einen Mordfall habe ich Swantje kennengelernt, beim nächsten wieder verloren. Mein Liebesleben und die Verbrechen scheinen sich magisch anzuziehen und dann wieder abzustoßen.«

Gesa sieht ihn mitfühlend an.

»Mal ehrlich«, sagt sie leise, »dann war sie nicht die Richtige für dich«, tröstet sie Niklas.

Bisschen zickig war sie von Anfang an.

Das wird schon wieder.

Lange bleibt der Lux bestimmt nicht allein.

Niklas' Gedanken drehen sich bereits wieder um die Arbeit. »Wie kommen wir denn zu der jungen Dame auf dem Yoga-Ball, Gesa?«, fragt er. »Sie hat sich mir als Praktikantin Olivia Rudolf vorgestellt.«

»Äh, die Geschichte ist nicht mit zwei Wörtern erzählt.«

»Dann nimm drei, Gesa, ich habe wenig Zeit, muss ja noch die Teamsitzung vorbereiten. Ich hatte Lasse und Lisa in der Küche gesagt, dass es in zehn Minuten losgeht. Oder hast du andere Pläne?«

»Nein, ich hatte ja auf dich gewartet.«

»Sorry, nochmals, dass ich vorgeprescht bin.«

»Du, keine Ursache. Heute hast du mildernde Umstände.«

»Nicht nötig. Dafür bin ich Vollprofi und es war bei mir und Swantje bereits ein Abschied auf Raten. Besser, dass ich jetzt Klarheit habe.«

15. Kapitel

»Christiane Tuchmacher wurde definitiv ermordet. Man hat sie mit Colchicin vergiftet, bevor sie bewusstlos auf das Deck der MS Langeland aufschlug« beginnt Niklas Lux die Teamsitzung.

»Mit dem Gift der Herbstzeitlosen?«, fragt Lisa sogleich.

»Ja, genau«, bestätigt er, »Sie kennen sich gut aus, Lisa.«

»Dann könnte es auch ein Unfall gewesen sein«, gibt sie zu bedenken. »Die Blätter werden häufig mit Bärlauch verwechselt und die Zwiebeln mit Speisezwiebeln. Meine Eltern haben die hübsche Blume lieber aus ihrem Garten verbannt.«

Niklas wendet sich jetzt an die neue Praktikantin. Sie hatte Lisa mit ihren großen dunklen Augen verwundert und ein wenig vorwurfsvoll angeschaut.

»Olivia«, sagt er freundlich, »Sie dürfen mich, genau wie Lisa, in der Sache gern unterbrechen oder Zwischenfragen stellen. Es ist ja eine Teambesprechung, kein Vortrag von mir. Den habe ich heute schon vom Rechtsmediziner Dr. von Isenberg erhalten.«

Das lässt sich Olivia nicht zweimal sagen. Sie schiebt keck ihr Stirnband über den Haaransatz und legt gleich los: »Ich habe von einem Kriminalfall gelesen, bei dem ein Mann seine Frau mit einem hoch dosierten Gichtmittel vergiftete. Dieses enthielt ebenfalls Colchicin. Er hatte es ihr in den Kaffee gemischt.«

»Volltreffer, Olivia!«, lobt Niklas. »Genau diese Erkenntnis haben Dr. von Isenberg und sein Assistent Friedhelm Dörfler auch gewonnen. Frau Tuchmacher wurde das Gift mittels eines Medikaments verabreicht. Wahrscheinlich in Tropfenform. Nachdem Dr. von Isenberg den Magen und das Blut der Toten auf Friedhelms Vermutung hin nach Spuren von Colchicin untersucht hat, stellte er eine hohe Konzentration des Giftstoffs fest.«

»Gibt's irgendwelche Anhaltspunkte, wann genau ihr das Medikament verabreicht wurde?«, will Gesa wissen.

Der Tatzeitpunkt wäre so wichtig!

»Anhand der Konzentration im Blut und der bekannten Abbauwerte konnte Dr. von Isenberg genau zurückrechnen, wann dem Opfer das Gift zugeführt wurde.«

»Ja, nun sag schon!«

»Während ihres Besuchs auf dem Fischmarkt, und zwar nachmittags, etwa zwischen 14.00 und 15.00 Uhr.«

»Na, das ist doch schon was!«, ruft Gesa freudig. »Stefan, wie weit sind Sie mit der Liste der Markthändler?«

»Fertig, Chefin. Es sind einige aus Laboe dabei, die dann einmal im Monat ihren Stand in Eckernförde aufbauen«, antwortet er und lehnt sich dabei betont lässig in seinem Stuhl zurück. »Christiane Tuchmacher könnte das Medikament doch auch selbst zu sich genommen haben«, sagt er. »Ich meine ja nur ... vielleicht hat sie es versehentlich überdosiert.«

»Sehr guter Einwand!« Gesa klatscht begeistert in die Hände. »Super, wie alle mitdenken! Wir müssen mit dem Hausarzt der Toten Kontakt aufnehmen. Ich übernehme das. Hat die Pathologie Vorerkrankungen bei dem Opfer festgestellt, Niklas?«

»Nein, die Neununddreißigjährige war kerngesund. Es gab keine Hinweise darauf, dass sie Medikamente eingenommen hat. Auch der Drogentest war negativ.«

»Na, dann kann ich mir den Hausarzt wohl sparen ...«, überlegt Gesa.

»Wir beginnen am besten mit der Befragung der Markthändler. Wie sieht's aus, Stefan? Lust auf frische Luft? Schnappen Sie sich Olivia und fangen Sie gleich an. Die meisten Händler haben doch bis 18.00 Uhr ihre Stände auf. Ist ja schließlich Hauptsaison.«

Stefan wird abwechselnd rot und blass.

»Äh ...«, stottert er.

Aber Olivia lächelt Gesa dankbar an. »Das ist ja super!«, ruft sie und springt auf.

Lasse, der sich als Einziger nicht am Gespräch beteiligt hat, weil er viel zu sehr damit beschäftigt war, die Reaktionen von Stefan und Olivia zu beobachten, grinst und wirft Lisa vielsagende Blicke zu.

Ihr ist es peinlich und sie schreibt sich schnell etwas auf.

»Lisa!«, Gesa schubst die Kriminalobermeisterin vorsichtig an. »Wir beide werden uns gemeinsam mit Oberkommissar Lux beraten, wer wann die Passagiere der MS Langeland befragt.«

Lasse schaut bittend auf seine Chefin: »Und ich? Könnte ich nicht Stefan und Olivia helfen?«

Lisa wirft ihm einen strafenden Blick zu.

Mann, der platzt ja bald vor Neugierde.

»Nee, nee, mein lieber Lasse«, zerstreut Gesa sofort seine Hoffnungen, »einer muss ja hier die Stellung halten, wenn wir ausschwärmen. Ich spendiere Ihnen auch eine Cola«, tröstet sie den Polizeischüler.

»Ich bin nicht bestechlich, Frau Hauptkommissarin!«, erwidert Lasse mit vollem Ernst.

»Ach, Mensch!«, Gesa muss jetzt herzhaft lachen. »Dann werfen Sie halt fünfzig Cent ins Phrasenschweinchen. Das hat Riesenhunger, seit der Oberkommissar es nicht mehr füttert.«

»Wollt ihr meine neue Hypothese wissen?«, fragt Niklas.

»Oh, ja«, sagt Olivia, die gerade ihre Sachen für den Außendienst zusammenpackt. Stefan winkt ab. »Das ist ein Insider. Den kennst du nicht. Komm, wir müssen los. Ich warte nicht ewig auf dich.«

Gesa schaut erstaunt auf den Kriminalmeister.

Was hat er denn heute?

Zimmermanns Nichte ist doch sympathisch.

Na, ist ja auch die Verwandtschaft seiner Frau.

16. Kapitel

»Du bist für mich mehr wert als aller Reichtum der Welt«, hat er zu ihr gesagt, »es wird nicht mehr lange dauern, dann dürfen es alle wissen.«

Annika seufzt. Strähne für Strähne kämmt sie sich mit einer weichen Bürste durch ihre lange Haarpracht. Wenn sie ihre naturblonden Haare offen trägt, schimmern sie golden.

Nur jetzt nicht, denn es ist dunkel. Annika soll die schweren Vorhänge in dem exklusiven Golfhotel zugezogen halten.

Niemand darf sie sehen.

Ich hasse dieses Versteckspiel.

Damit muss endlich Schluss sein.

Er hat es versprochen.

Wie lange ist eigentlich »nicht mehr lange«?

Die Tür zu ihrem Deluxe-Hotelzimmer öffnet sich.

Ralf Jung, der erfolgshungrige Immobilienmakler, hat die Golfrunde mit seinen potenziellen Kunden erfolgreich beendet und ist in das benachbarte Hotel zurückgekehrt.

Annika springt sofort von ihrem Stuhl vor dem Spiegel auf. Sie schlägt die Bettdecke zurück und legt sich quer über das Kingsize-Bett auf den Rücken. Die Fünfundzwanzigjährige trägt nichts weiter als einen knallroten Spitzenbody mit Strapsen an ihrem makellosen Körper und die schwarzen Netzstrümpfe, die er so mag.

Gleich wird er zwischen ihren Beinen versinken und lustvoll an den Verschlüssen knabbern, bis sie es nicht mehr aushält.

»Ich geh noch schnell duschen, Liebling!«, ruft Ralf vom Flur aus.

»Du machst mich wahnsinnig«, stöhnt Ralf und rollt sich erschöpft von Annika herunter. »Hoffentlich beschweren sich die Gäste aus dem Nachbarzimmer nicht wegen der Lärmbelästigung.«

Wenn Annika einen Orgasmus hat, schreit sie jedes Mal das ganze Haus zusammen.

Annika sieht ihn verliebt an. »Ich denke, du reservierst die Nachbarzimmer immer gleich mit.«

Ja, hab ich mal im Scherz gesagt … Aber so dicke habe ich es nun auch nicht.

Ralf streichelt Annika gefühlvoll zwischen den Beinen, sodass sie schnurrt wie ein Kätzchen.

»Wie viel Zeit haben wir noch?«, fragt sie.

»Keine mehr. Ich jedenfalls nicht, Kleines. Thea wartet auf mich. Vor einem Speed-Dating-Termin ist sie immer sehr aufgeregt, ob alles klappt. Du bist doch morgen auch wieder dabei?«

»Ja, leider muss ich. Aber immerhin ist es besser als der Treuetesterin-Job. Erst letztens hat wieder einer gedroht, mich umzubringen.«

»Damit ist es bald vorbei« tröstet Ralf sie und küsst Annika auf den Mund. Ihre Zunge sucht fordernd nach seiner.

»Komm«, haucht sie.

»Kleines, das schaffe ich nicht mehr!«, bedauert Ralf und nimmt seine Hand aus Annikas feuchtem Schritt.

Die Frau ist schon wieder so heiß.

Ralf merkt, dass Annikas steigende Lust auf ihn überspringt. Er setzt sich schnell auf die Bettkante, damit sie seine Erregung nicht sieht.

»Schläfst du eigentlich noch mit ihr?«, fragt Annika plötzlich.

»Nein, Engelchen, wie oft soll ich dir das versichern.«

»Dann kannst du es ihr endlich sagen. Sie wird damit rechnen. Thea ist nicht blöd.«

Aber sie hat das Geld.

Wenn der heutige Deal platzt, bin ich pleite.

Die Chancen stehen 50:50, dass sich die Gattin des Kunden für die von mir angebotene Villa entscheidet, hat der auf dem Golfplatz gesagt.

Vielleicht muss ich seine Alte auch noch flachlegen.

Ralf steht auf und wickelt sich das Badehandtuch, das er, als er vor einer halben Stunde aus der Dusche kam, auf den Boden geworfen hatte, um die Lenden.

»Annika, ich muss duschen und dann los. Nimm dir das Taxi bitte frühestens eine Stunde später.«

»Ralf!«

»Liebling?«

»Wenn du es Thea heute nicht sagst, werde ich es tun.«

Ralf schüttelt genervt den Kopf.

In solchen Momenten hasst er Annika.

Warum kann sie nicht die paar Tage warten, wenn sie es schon ein halbes Jahr lang getan hat?

»Ich meine es ernst, Ralf. Ich werde dich keinen Tag länger mit ihr teilen«, schreit sie ihm hinterher.

Ralf knallt die Tür zum Badezimmer zu.

Der Sex mit ihr ist wirklich bombastisch.

Aber so macht sie alles kaputt.

17. Kapitel

»Warum rennst du denn so!«, keucht Olivia, die es kaum schafft, mit Stefan Schritt zu halten.

»Weil die hier um 18.00 Uhr dicht machen und morgen kein Markttag ist«, erklärt er ihr, »nur dienstags und donnerstags und eigentlich auch nur bis 13.00 Uhr, aber solange der Supermarkt wegen des Wasserschadens geschlossen hat, verlängert die Gemeindeverwaltung die Öffnungszeiten. So, nun weißt du es genau«, blafft er sie an und eilt weiter zum nächsten Verkaufsstand.

Olivia rennt ihm hinterher.

»Sei doch nicht so grantig!«, bittet sie den Kriminalmeister, als sie hinter ihm steht. »Ich erzähle ja niemandem, dass wir uns kennen.«

»Ist mir schnuppe!«

»Bist du sauer, weil ich mich nicht gemeldet habe?«, fragt sie leise.

Stefan dreht sich um und sieht Olivia wütend an.

»Erst versprechen und dann nicht melden finde ich unfair.

Du hättest mir gleich sagen können, dass du kein Interesse hast.«

»Du hattest mir bis dahin nicht verraten, dass du Polizist bist, sogar bei der Kripo ...«, rechtfertigt sich Olivia, »das habe ich erst am Ende des Speed-Datings durch einen Zufall erfahren.«

»Na und?«, schnauzt Stefan sie an. »Jetzt weißt du warum. Weil ich dann gleich keine Chance bekomme. Du hast ja auch gekniffen. Komisch, dass du bei uns ein Praktikum machst.«

Olivia berührt Stefan vorsichtig am Arm. »Das ist etwas anderes«, rechtfertigt sie sich, »ich habe einfach schlechte Erfahrungen mit meinem Ex-Freund gemacht und der ist auch bei der Polizei.«

»Ach, lass mich!«, Stefan schiebt Olivias Hand beiseite. »Ich habe zu arbeiten.«

Er geht ein paar Schritte weiter zum Fischverkaufswagen der Familie Friese.

»Moin, moin, mein Lieber!«, begrüßt er seinen Fußballkumpel Hagen Friese. »Wenn du die Bälle am Wochenende genauso gut festhältst wie deine fettigen

Räucherfische, dann spielen wir endlich mal wieder zu null.«

»Moin, Stefan. Oh, so hübsche Begleitung? Hast du heute frei?«

»Nee, wir sind im Dienst. Also ich. Sie ist nur die Praktikantin.

Vorsicht, sie studiert Journalistik ... Pass auf, was du sagst!«, warnt er den Freund.

Olivia lässt sich ihre Verärgerung über Stefans Kommentar zu ihrer Person nicht anmerken. »Hallo! Ich bin Olivia«, stellt sie sich vor, »es geht um den letzten Sonntag. Euer Geschäft hatte einen Stand auf dem Eckernförder Fischmarkt ...«

»Na, das möchte wohl sein«, unterbricht Hagen die Praktikantin. »Da dürfen unsere frischen Förde-Schollen auf keinen Fall fehlen.«

Stefan verzieht genervt den Mund und drängelt sich vor Olivia.

Ich stelle hier die Fragen.

Er hält Hagen ein Foto von Christiane Tuchmacher vor die Nase. »Kannst du dich an diese Frau erinnern? Oder ist dir am Sonntag etwas Außergewöhnliches aufgefallen?«

»Ist das euer Ernst? Auf dem Eckernförder Fischmarkt gibt es mindestens 140 Stände und mehr als 40.000 Besucher, die sich über den Tag verteilen.«

»Ja, ich weiß«, lenkt Stefan ein. »Wir suchen nach der Nadel im Heuhaufen. Aber so ist das nun mal bei den kriminalistischen Ermittlungen.« Er wirft Olivia einen spöttischen Blick zu. »Unsere Arbeit ist nicht in ein paar Stunden dahingeschrieben, sondern benötigt kleinteilige Recherche.«

Olivia verdreht ihre dunklen Augen nach oben.

Als ob Journalisten nichts recherchieren.

»Das wär's dann. Danke, Hagen«, fährt Stefan fort. »Wenn dir noch irgendein Detail einfällt ...«

»Ist der Frau etwas zugestoßen?«, will der junge Fischer wissen.

Stefan nickt. »Ja, sonst würden wir nicht hier herumlaufen.«

»Verstehe. Aber nicht, dass Gesa mich wieder verhaftet oder dieser Kommissar Lux ... Du weißt schon, Stefan ... wegen dem habe ich sogar in U-Haft gesessen. Noch so einen Schock verkraften meine Eltern nicht.«

»Keine Sorge, Hagen. Mach's gut, bis Sonntag. Schön, dass du endlich wieder mitspielst.«

»Ich freue mich auch. Der Vadder hat eingesehen, dass mein Leben nicht nur aus der Arbeit bestehen kann. Er hat Erik, eine Saisonkraft, eingestellt. Nun hab ich mal ein paar Tage frei.«

Hagen Friese lächelt Olivia verschmitzt an. Die kleine Lücke zwischen seinen Schneidezähnen verleiht dem großen, kräftigen Fischer etwas Lausbubenhaftes. »Wie wär's, wenn wir uns mal auf ein Eis treffen?«, fragt er sie mutig.

»Die ist schon vergeben!«, herrscht Stefan ihn sofort an.

Olivia glaubt, sich zu verhören.

Spinnt der?

Hagen rudert seine Bemühungen zurück. »Oha, man könnte ja denken, du bist der Auserwählte, Stefan. So wie du gleich loskläffst. Nichts für ungut, Lady«, entschuldigt sich Hagen bei Olivia. »Dann werde ich morgen doch am Strand-Speed-Dating teilnehmen. Kostet ja am Anfang nichts und Probieren geht über Studieren«, lacht er und reicht Stefan und Olivia jedem einen Spieß mit einem Happen geräucherter Makrele über den Verkaufstresen.

»Hier, ein kleiner Gruß aus der Räucherküche! Lasst es euch schmecken!«

»Danke schön!« Olivia greift nach ihrem Spieß und geht ein paar Schritte zurück an einen Stehtisch.

Stefan winkt ab. »Ich bin im Dienst und darf nichts annehmen«, erklärt er Hagen.

»Im Ernst jetzt?« Hagen bekommt einen Lachanfall. »Gesa nascht regelmäßig auf dem Weg zur Dienststelle bei uns.«

Na und? Nicht mein Problem.

Aber wenn Olivia aufschreibt, dass ich während der Befragung Geschenke annehme, werde ich womöglich nicht befördert.

Sie ist schließlich Zimmermanns Nichte.

Wo ist sie überhaupt?

»Du, Hagen, hast du Olivia gesehen? Sie stand doch eben noch neben mir?«

»Ist sie nicht zum Tisch gelaufen?«, überlegt Hagen.

»Nein. Da steht sie nicht.«

»Tut mir leid, Stefan. Ich sollte endlich weiter verkaufen«, sagt er und zeigt auf die Kundenschlange nebenan, die langsam immer länger wird. »Erik schafft das nicht allein.«

»Okay, dann mach's gut, Hagen!«

Stefan schaut auf seine Armbanduhr und flucht leise vor sich hin.

So spät schon? Verdammter Mist!

Wo steckt diese Frau bloß?

Ich muss jetzt dringend zur Käse-Marie an den Stand und den Lose-Karl habe ich auch noch nicht gesprochen.

Bin ich denn Olivias Kindermädchen?

18. Kapitel

Als Stefan nach seiner nächsten erfolglosen Befragung den Käsestand verlässt und weiter über den Marktplatz läuft, kommt er linker Hand an einem öffentlichen Toilettenhäuschen vorbei.

Frauen müssen doch ständig aufs Klo.

Vielleicht hat Olivia den Fisch zu hastig heruntergeschlungen oder sich an einer Gräte verschluckt.

Er biegt ab, um nach ihr zu suchen.

Bingo!

Olivia verlässt just in dem Moment die Damentoilette.

Wie sieht die denn aus?

Stefan rennt auf sie zu. »Mensch, Olivia, was ist mit dir passiert?«, fragt er besorgt.

Die Schlaghose der Praktikantin ist an dem einen Bein von oben bis unten verdreckt und trägt Schleifspuren. Ihre Oberlippe ist aufgeplatzt. Der linke Unterarm und der Ellenbogen bluten.

Die Schürfwunden sind nicht ohne.

Müssten desinfiziert werden.

Stefan geleitet Olivia vorsichtig zu einer Parkbank an der Promenade.

»Kann man dich nicht zwei Minuten aus den Augen lassen?«, schimpft er. »Setz dich mal und erzähle! Du siehst aus, als hättest du dich geprügelt.«

Sie hat geweint.

Man sieht es, obwohl sie sich das Gesicht gewaschen hat.

Olivia fängt plötzlich an zu lachen.

Stefan erschrickt.

Vielleicht hat sie einen Schock?

»Du hast vollkommen recht«, sagt sie, »ich habe mich tatsächlich geprügelt. Um einen Rucksack.«

»Wollte dir jemand deinen klauen?«

»Nein, das alte Ding interessiert bestimmt keinen.«

»Mir gefällt er, finde ich besser als eine von diesen tussihaften Handtaschen.«

»Danke.« Olivia sieht Stefan erleichtert an. »Gut, dass du da bist.«

Der neunundzwanzigjährige Kriminalmeister kann nicht verhindern, dass er rot wird, und tut schnell so, als ob er sich die Schnürsenkel an seinen Schuhen neu binden muss.

»Nun berichte aber mal«, bittet er und schaut dabei nach unten auf das Straßenpflaster. »Wir müssten gleich noch zur Losbude von Karl Lück, bevor der Feierabend macht.«

Olivia möchte sofort wieder aufstehen.

Stefan hält sie fest.

»Langsam!«, mahnt er. »Erst erzählen! Dann entscheide ich, ob wir weitermachen oder ob ich dich vorher zum Arzt bringe.«

»Auf gar keinen Fall!« Olivia verschränkt trotzig ihre Arme vor der Brust. »Kein Arzt, sonst erzähle ich gar nichts.«

Die Frau macht mich wahnsinnig!

»Das ist Erpressung.«

»Während du mit dem netten Fischer geplaudert

hast ...«, beginnt Olivia,

Hagen ist nicht nett.

Ich plaudere nicht, ich ermittle.

»... habe ich gesehen, dass unter dem einen Stehtisch vor der Pommesbude, an dem eine Frau und ein Mann nur eine Minute zuvor etwas gegessen haben, ein Rucksack vergessen wurde. So ein rot-karierter von mittlerer Größe, ein Allerweltsmodell. Aber meistens ist ja der Inhalt wertvoller ... Ich habe ihn deshalb an mich genommen und wollte auf der Promenade schauen, ob ich die beiden finde.«

»Der Rucksack kann schon länger dort gestanden haben.«

»Ja, ist möglich. Darüber hatte ich in den wenigen Sekunden nicht richtig nachgedacht.«

»Hast du ihre Gesichter gesehen? Die von dem Mann und der Frau, meine ich.«

»Nein, sie standen mit dem Rücken zu mir. Ich bin ihnen sofort hinterher und gleich durch die Büsche gerannt, um schneller auf die Promenade zu gelangen ... da wurde ich plötzlich an der Hecke von hinten zu Boden gerissen. Von einem Mann!«

»Bist du sicher?«

»Es war ein Mann, definitiv. Er hat nach teurem Aftershave gerochen. Ich habe mal in einer Parfümerie gejobbt und kenne mich etwas aus. *Only Man* heißt es.«

»Wollte er dir an die Wäsche?«, fragt Stefan aufgeregt.

»Nein, er hat nur wie wild an dem fremden Rucksack in meiner Hand gezerrt und ›gib her‹ gebrüllt. Ich habe mich gewehrt. Der Metallverschluss des Rucksacks hat mein Gesicht gestreift, daher die aufgeplatzte Lippe. Der Kerl ist mit dem Rucksack abgehauen und ich bin dann langsam wieder hoch und weiter zur Toilette.«

»Würdest du den Typen wiedererkennen?«

»Vielleicht. Seine Stimme wahrscheinlich ... Es ging alles so schnell.«

»Gut. Wir nehmen deine Aussage später in der Dienststelle zu Protokoll. Meinst du, du schaffst es vorher, mit mir gemeinsam den Lose-Karl zu befragen? Ich hole dir schnell Eiswürfel zum Kühlen. Hagen hat für seine frischen Fische immer Eis im Verkaufswagen.«

»Natürlich schaffe ich das«, versichert Olivia. »So schlimm ist es nun auch wieder nicht.«

»Na, dann komm!« Stefan hilft ihr, aufzustehen.

Einfach kernig, die Frau.

19. Kapitel

Michael Tuchmacher huscht in einem Augenblick der Ablenkung ungesehen an der Hotelrezeption und damit an der aufmerksamen Frau Wiese vorbei.

Zurück in seiner Suite atmet er tief durch.

Geschafft.

Er wirft seine Sporttasche auf das Bett und öffnet den Reißverschluss. Dann zieht er einen rotkarierten Rucksack hervor.

Hoffentlich ist das Geld drinnen.

Mit zitternden Fingern drückt er auf den Schnappverschluss und klappt den Rucksack auf.

Ein dicker brauner Umschlag liegt gleich obenauf. Michael sieht hinein und lässt sich erleichtert auf das riesige Bett plumpsen. Dann läuft er zu der Minibar im Salon und gieß sich einen doppelten Whisky ein.

Das ist gerade noch einmal gut gegangen.

Erschöpft läuft er zurück ins Schlafzimmer und kramt das Prepaid-Handy, das sich ebenfalls in dem Rucksack befinden sollte, hervor.

Er wählt die einzige eingespeicherte Nummer.

»Hallo!«, meldet sich eine mittels Computer verzerrte Stimme. »Sie sind zehn Minuten zu spät.«

»Tut mir leid, zuerst ging das Pärchen an dem Tisch ewig nicht weg und dann hat mir eine junge Frau den Rucksack vor der Nase weggeschnappt.«

»Konnten Sie nicht besser aufpassen?«, schnarrt es an seinem Ohr.

»Na, hören Sie mal. Der Übergabepunkt war mehr als leichtsinnig.«

»Klappe! Ich mache hier die Regeln.«

»Schon gut. Ich habe der Kleinen die kostbare Ware wieder entrissen.«

»Hat die Sie gesehen, Sie Trottel?«

»Ich glaube nicht. Es ging alles sehr schnell.«

»Haben Sie etwas zu ihr gesagt?«

Michael schweigt.

Verdammte Schei...!

»Haben Sie?«

»Ja. Ich habe ›gib her‹ oder so ähnlich gerufen.«

»Sind Sie von allen guten Geistern verlassen? Was ist, wenn sie Ihre Stimme wiedererkennt?«

»Warum sollte sie? Es war doch nicht ihr Rucksack, die hat den selbst geklaut. Die geht bestimmt nicht zur Polizei. Ich sehe die nie wieder.«

»Wahrscheinlich haben Sie recht, aber kümmern Sie sich trotzdem um die Kleine. Die Sache muss glattlaufen, sonst erhalten Sie das restliche Geld nicht.«

»Wie meinen Sie das, mit dem Kümmern?«

»Überlasse ich Ihnen.«

»Was soll ich denn tun?«, ruft Michael verzweifelt und schüttelt das Handy.

Keine Antwort. Aufgelegt.

Mit zitternden Beinen wankt er zurück zur Minibar.

Ich stecke so tief in der Scheiße. Wie soll ich da jemals wieder rauskommen?

Während er eine neue Flasche Whisky öffnet, hört er eine vertraute Melodie.

Er rennt zurück und greift nach dem Prepaid-Handy.

Blödsinn.

Es war sein eigenes, das auf dem Nachtschrank liegt und jetzt geklingelt hat.

Er reißt es hoch an sein Ohr.

»Tuchmacher«, meldet er sich.

Es schnarrt kurz.

Dann spricht eine akzentfreie Männerstimme: »Wir wollten dich nur an unser kleines Ultimatum erinnern ... Michael. Morgen Abend ist deine letzte Chance. Ansonsten ist die Frist verstrichen und was wir mit Ratten, die ihre Spielschulden nicht bezahlen, tun, kannst du dir ja denken.«

»Ihr bekommt euer Geld morgen Abend. Ich melde mich.«

»Die volle Summe! Bekannter Treffpunkt. Spätestens 0.00 Uhr.«

»Natürlich, und jetzt lasst mich in Ruhe!«

Michael legt auf und wirft sein Handy wütend auf das Bett.

Ich muss das restliche Geld bis morgen Abend haben.

Aber wie, bitte schön, soll ich die unbekannte Frau wiederfinden?

Ich kann ja schlecht zur Polizei gehen und nach ihr suchen lassen.

20. Kapitel

Warum vertraut sie mir nicht?

Niklas findet nach wie vor keine plausible Erklärung für Swantjes Verhalten. Dass er keine Auszeit, sondern lieber an ihrer Seite sein möchte, hat sie einfach nicht verstanden.

Sie will mir mit ihren familiären Problemen nicht zur Last fallen.

So ein Quatsch.

Vielleicht steckt doch etwas anderes dahinter?

Swantje hatte am Anfang unserer Beziehung auch nicht die Wahrheit gesagt.

Traurig schlendert Niklas mit seiner Sporttasche über der Schulter durch die dunklen Gassen des Kieler Altstadtviertels.

Er hat gerade seine restlichen Sachen aus der Wohnung seiner Freundin abgeholt.

Sein Besuch verlief kürzer als geplant.

Seltsam, dass man sich plötzlich nichts mehr zu sagen hat.

Niklas schaut auf sein Handy.

Erst 21.00 Uhr.

Noch zwei Stunden Zeit, bis Gesa mich am Markt abholt.

Ich könnte so lange in der Bar um die Ecke etwas trinken.

Gesa hat versprochen, ihn später in ihrem Auto mit zurück nach Laboe zu nehmen. Sie ist heute Abend mit Niels von Isenberg zum Abendbrotessen bei dessen Lieblingsitaliener verabredet.

Die Glücklichen.

Deren Beziehung scheint wider aller Erwartungen zu halten.

Fünf Minuten später hat Niklas in der Bar sofort einen gemütlichen Platz an einem Zweiertisch gefunden. Die kleine, aber feine »Night-City«-Bar ist nur spärlich besucht.

Ist ja mitten in der Woche.

Niklas klappt die Cocktailkarte auf.

Hoppla, die Preise sind aber heftig.

Vielleicht nehme ich doch lieber ein Bier.

»Einen Sex on the Beach«, hört er da plötzlich eine bekannte Frauenstimme hinter seinem Rücken sagen.

Na, so eine Überraschung!

Die Schönheit aus dem Eiscafé am Laboer Hafen!

Durch das schummrige, violett gefärbte Licht hat er die junge Frau beim Betreten der Bar gar nicht erkannt. War einfach vorbeigelaufen.

Ob sie vorhat, gleich den nächsten Ehemann zu verführen?

Zum Glück hat sie mich nicht gesehen.

Da dreht sich Annika auch schon zu Niklas um.

»Hallo, Herr Kommissar!«, ruft sie lauter, als ihm lieb ist.

Hat die einen Schwips?

»Sie hier? Etwa auf Verbrecherjagd oder sind Sie jetzt mein Begleitschutz?«, will Annika wissen.

Niklas merkt, dass ihre Zunge schon etwas gelöst ist.

Wahrscheinlich hat sie bereits ein paar von den sündhaft teuren Cocktails getrunken.

Er nickt ihr freundlich zu.

»Guten Abend!«

Annika greift nach ihrer Louis-Vuitton-Handtasche neben sich, steht auf und setzt sich unaufgefordert zu Niklas an den Tisch. Ihre Knie berühren seine. Niklas versucht vergeblich, weiter nach hinten zu rutschen. Beide haben einfach zu lange Beine.

Der Kellner nähert sich und bringt Annika den bestellten Cocktail.

»Oh, haben Sie einen neuen Platz gefunden?«, fragt er und holt Annikas mit Strass besetztes Handy vom Nachbartisch. Sie hatte es dort liegen lassen.

»Vielen Dank, sehr aufmerksam!«, lallt sie und dreht ihr Handy verzückt zwischen ihren Fingern. »Aber dieser starke Mann ...« Sie lacht heiser und zeigt auf Niklas, »wird mich ab jetzt beschützen.«

»Ich glaube, du bist ein Gentleman, oder?«, fragt sie und reibt ihr nacktes Knie an Niklas' Hosenbein.

Der Kellner schaut ihn entschuldigend an. »Ist das für Sie in Ordnung, dass die Dame jetzt bei Ihnen am Tisch sitzt?«

»Kein Problem.«

»Was möchten Sie denn trinken, mein Herr?«

»Bringen Sie mir bitte einen Zombie«, antwortet Niklas.

Dann benötige ich nur zwei, um mir den traurigen Abend

schönzutrinken.

»Für mich ebenfalls!«, meint Annika und zieht so schnell an ihrem Strohhalm, dass von ihrem eben servierten Getränk nur die Eiswürfel übrigbleiben.

Der Kellner schaut sie skeptisch an.

Sie reicht ihm das leere Cocktailglas: »Na, was ist denn nun? Einen Zombie möchte ich.«

»Wie Sie wünschen, meine Dame.«

»Von dem Fruchtsaft müsste ich ja noch zehn Stück trinken, bis ich ihn endlich vergessen kann!«, schimpft sie und beugt sich zu Niklas über den Tisch.

»Zombie ist eine gute Wahl. Du hast Geschmack«, flüstert sie ihm ins Ohr. »Deine Frau kann sich glücklich schätzen.«

»Ich habe keine.«

»Gar keine?«

»Nein, seit heute nicht mehr«, sagt Niklas und wundert sich, wie schnell er sich mit der attraktiven Annika vertraut fühlt.

»Huch! Hick!«, Annika bekommt einen Schluckauf. »Dann geht's dir wie mir.«

Der Kellner kehrt zurück und stellt die beiden Zombie auf den Tisch.

»Bitte bringen Sie uns noch eine Flasche Wasser und zwei Gläser«, bittet Niklas ihn.

»Wie heißt du, schöner Mann?«, haucht Annika, als die Bedienung weg ist, und trinkt sofort die Hälfte ihres neuen Cocktails aus.

»Niklas.«

»Das nächste Mal darfst du mich retten, Niklas«, verspricht sie. »Da fahre ich nicht wieder weg. Es kann doch kein Zufall sein, dass wir uns schon wieder begegnen.«

Sie seufzt. »Und wir haben beide Liebeskummer, wenn ich dich eben richtig verstanden habe.«

Niklas zuckt nur mit den Schultern.

Das Gespräch mit der angetrunkenen jungen Frau ist ihm zunehmend peinlich. Aber Annika plappert munter weiter und erzählt ihm von ihrem Kummer mit ihrem verheirateten Freund, der nicht den A… in der Hose hat, sich von seiner Gattin zu trennen, obwohl er es Annika hoch und heilig versprochen hat.

Der Klassiker, denkt er.

Drehen die hier einen Film?

Kitschiger könnte sein trauriger Abend ja kaum enden.

Warum hat Swantje ihm das Ultimatum mit der Auszeit gestellt?

Niklas bestellt sich einen nächsten Zombie, während Annika erst einmal Wasser trinkt, wie er erleichtert feststellt.

»Ich muss morgen arbeiten«, sagt sie zur Erklärung, »aber zum Glück erst am Nachmittag.«

Niklas verzieht den Mund.

Ich beginne morgen früh um 9.00 Uhr.

Zwei Stunden und einige Cocktails später klingelt Niklas' Handy.

Er erschrickt.

»Gesa!«

»Wo bleibst du? Warum bist du nicht am vereinbarten Treffpunkt?«

»Sorry, ich bin in der Bar versackt. Ich habe gar nicht auf die Uhr geschaut.«

»Soll ich dich abholen?«

Niklas überlegt kurz.

Er hatte sich gerade etwas zu trinken bestellt und der Abend mit Annika wurde tatsächlich immer besser. Die Frau ist wider Erwarten sehr unterhaltsam.

Wann habe ich in den letzten Wochen so viel gelacht?

Sie ist so witzig.

Auf eine intelligente Art.

»Niklas?«, fragt Gesa ungeduldig. »Du bist nicht allein, oder?«

»Nein, aber es ist nicht so, wie du denkst!«

»Etwa mit Swantje?«

»Ach, Quatsch. Bei Swantje war ich nur kurz. Leider. Ich bin in einer Bar und lenke mich ein wenig ab«, antwortet er und lacht.

Annika nimmt ihre Handtasche und zeigt mit dem Finger zu dem hinteren Ausgang, von dem aus eine Treppe hinunter zum WC führt. »Ich verschwinde mal kurz«, flüstert sie und steht auf.

»Äh, warte!«, ruft Niklas ihr hinterher, »ich muss gleich los.«

Verdammt.

Ich kann jetzt nicht einfach abhauen.

»Gesa«, sagt er, »entschuldige, aber ich nehme mir lieber ein Taxi zurück. Da kommt es heute auch nicht mehr drauf an. Es wäre unhöflich, jetzt zu gehen.«

»Schon gut, Niklas. Aber bitte denk daran, morgen früh haben wir zu tun. Du weißt, unser neuer Mordfall.«

»Ja, keine Sorge, morgen bin ich fit. Es ist ja noch nicht so spät.«

»Okay, dann mach keinen Mist. Wer auch immer

die Dame ist, schlaf lieber eine Nacht drüber und heute am besten allein.«

»Gesa!« Niklas tut entrüstet.

»Schönen Abend noch!«, sagt sie und legt auf.

»War das deine Frau?«, fragt Annika, als sie von der Toilette zurückkehrt.

»Nein. Ich bin nicht verheiratet.«

Annika sieht ihn zweifelnd an. Sie hat ihr Zopfgummi gelöst und trägt die vollen, blonden Haare jetzt offen. Auch ihr Make-up hat sie dezent erneuert.

Niklas muss schlucken.

Diese Frau ist von der Natur in jeder Hinsicht reichlich beschenkt worden.

»Wie alt bist du, Annika?«, fragt er.

»Fünfundzwanzig. Aber ich stehe nicht auf Männer in meinem Alter. Du dagegen wärst genau mein Typ.«

»Danke schön«, antwortet Niklas etwas hilflos.

Hoffentlich fragt sie jetzt nicht, wie alt ich bin.

Aber Annika kennt die Männer und fragt stattdessen: »Würdest du mich später nach Hause bringen? Ich wohne nicht weit von hier. Nur zehn Minuten durch den kleinen Park.«

Niklas kippt sich schnell den restlichen Zombie hinter.

Der muss wirklich der Letzte sein.

»Kommt darauf an, wann du losgehen möchtest, Annika«, antwortet er, »ich muss morgen früh arbeiten und bleibe nicht mehr allzu lange.«

Annika sieht ihn mit ihren klaren, bergseeblauen

Augen an. »Von mir aus können wir gleich aufbrechen«, sagt sie. »Ich bin gerade wieder etwas nüchtern.«

»Gut«, erwidert Niklas, »dann lasse ich mal die Rechnung kommen.«

»Ich bezahle meine Getränke allein«, erwidert Annika und das erste Mal bemerkt Niklas in ihrer Stimme etwas Strenges.

Wenn die etwas will, dann holt sie es sich.

Aber nach Hause bringen kann ich sie ja.

Eine junge Frau allein durch die Nacht zu schicken, das hat er noch nie getan.

»Wo wohnst du denn?«, fragt er Annika. »Gib mir doch bitte die Adresse! Ich würde mir das Taxi dann gleich zu dir bestellen.«

»Bist du sicher?«

Er zögert.

»Na, ich kann auch von dir aus anrufen«, lenkt Niklas ein. »Heute ist ja nicht Silvesternacht, da werde ich schnell eines bekommen und die Tour zu mir nach Hause ist für den Taxifahrer lukrativ.«

Annika lächelt zufrieden.

»Schön, Niklas. Dann lass uns zahlen.«

Während sie beide durch den Park laufen, hat Niklas wie selbstverständlich den Arm um Annika gelegt. Entspannt atmet er die frische Nachtluft ein.

Wenn wir an ihrem Haus angekommen sind, rufe ich mir sofort ein Taxi.

»Hier ist es!«, sagt Annika plötzlich und bleibt unter der Laterne vor einem der restaurierten Jugendstilhäuser stehen. Die gesamten zehn Minuten Wegstrecke von der Bar zu ihr haben weder sie noch Niklas ein einziges Wort geredet.

»Ach«, sagt er verlegen und nimmt den Arm von ihrer Schulter.

Schade, ich hätte stundenlang so weiterlaufen können.

Annika dreht sich zu ihm und stellt sich auf Zehenspitzen.

Sie küssen sich. Schon nach kurzer Zeit löst sich Niklas sanft aus ihrer Umarmung.

»Schlaf gut, Annika«, sagt er. »Es war ein schöner Abend mit dir.«

Mittwoch

21. Kapitel

Während Thea die mit Magerjoghurt benetzten Ananasstückchen langsam einzeln in den Mund führt, beißt ihr Mann Ralf in ein dick mit spanischem Edelschinken belegtes Brötchen.

»Wie hast du geschlafen, Schatz?«, fragt er während des Kauens.

»Wie immer vor einer größeren Dating-Veranstaltung etwas unruhig«, gibt Thea zu. »Vielleicht hätte mir deine Nähe gutgetan.«

»Ach, Liebling, nicht wieder dieses Thema«, mault Ralf, der im Gästezimmer der Villa übernachtet hat. »Wenn du dich nachts nur hin und her wirfst, kann ich auch nicht schlafen«, rechtfertigt er sich. »Mein Job erfordert ebenso volle Konzentration. Der aktuelle Kunde ist äußerst anspruchsvoll und das zum

Kauf anstehende Objekt in dieser abgelegenen Ostseebucht schwer zu vermitteln. Gestern auf dem Golfplatz habe ich gebaggert, was das Zeug hält.«

»Ja«, bestätigt Thea. »Du warst fix und fertig, als du abends nach Hause kamst«, sagt sie und ein ironischer Zug umspielt ihren Mund.

»Hilfst du mir heute bei den Vorbereitungen, Ralf? In der Zeit, wo ich den Papierkram erledige, könntest du am Strand nachsehen, ob der Strandkorbverleiher die Körbe entsprechend hergerichtet hat.«

»Thea, es ist 9.00 Uhr morgens und das Speed-Dating beginnt um 17.00 Uhr. Wenn der Mann halbwegs etwas von seinem Geschäft versteht, vermietet er seine Strandkörbe vorher, und ich glaube nicht, dass die Urlauber jetzt schon in einer Reihe sitzen wollen.«

»Ja, du hast recht. Ich möchte, dass alles perfekt ist und nichts dem Zufall überlassen wird«, meint Thea und nippt an ihrer Tasse mit grünem Tee.

Ralf steht auf und holt sich einen doppelten Espresso aus dem Kaffeeautomaten. »Irgendwie werde ich heute gar nicht richtig wach.« Er schaut auf seine goldene Armbanduhr. »In einer halben Stunde muss ich los.«

»Viel Erfolg«, wünscht Thea ihm leise.

Ralf tritt hinter ihren Stuhl und umarmt sie. »Nicht sauer sein. Du schaffst das. Bestimmt wird die Veranstaltung, wie alles, was du anpackst, ein voller Erfolg. Außerdem hilft dir Annika doch. Oder etwa nicht?«

»Aber sie kommt erst zum Beginn des Strand-Datings. Leider. Sie wird zu 17.00 Uhr da sein.«

Ralf atmet erleichtert auf.

Dann habe ich ja noch Zeit, sie umzustimmen.

Annika muss sich nur gedulden.

Warum versteht sie es denn nicht?

Die Frau macht mich fertig.

Thea räumt den Küchentisch ab und würdigt ihren Mann keines Blickes.

Ob sie etwas ahnt?

Er nimmt das Schneidebrett mit dem Messer und dem Rest Schinken und trägt es seiner Frau hinterher.

»Was hast du denn? Habe ich etwas Falsches gesagt?«, fragt er. »Es tut mir leid, dass ich dir am Vormittag nicht helfen kann. Aber abends, beim Aufräumen, werde ich wie versprochen dabei sein.«

Thea schaut ihn zweifelnd an.

»Sicher, dass dir nicht wieder etwas dazwischenkommt?«, fragt sie und zieht das Wort »dazwischen« extra in die Länge.

Ralf nicht eifrig. »Ganz sicher.«

Ich werde doch Annika nicht mit ihr allein lassen.

Die ist gerade unberechenbar.

22. Kapitel

Getarnt mit einer dunklen Sonnenbrille und reichlich verkatert steht Niklas Punkt 12.00 Uhr vor dem Kapitänshäuschen von Trude Hansen. Seine ehemalige Wirtin wohnt unweit des Hafens von Laboe und nicht einmal zehn Minuten fußläufig von der Dienststelle der Kriminalpolizei entfernt.

Vorsichtig drückt er den nostalgischen Klingelknopf neben der Haustür.

Ich bin ja lernfähig.

Aus der Erfahrung vergangener Besuche weiß er, dass der rostige Knopf sonst stecken bleibt und einen schrecklich scheppernden Dauerton erzeugt.

Nur Trudes Haarnadel kann dann Abhilfe schaffen.

»Niklas! Willkommen!«, begrüßt ihn die einundachtzigjährige, rüstige Witwe freudig. »Komm rein! Ich habe heute fangfrische Scholle mit Bratkartoffeln für dich.«

»Lecker!« Niklas strahlt und setzt die Brille ab. Der lange Flur in Trudes Häuschen wird von den tiefhängenden Deckenleuchten nur schwach erhellt.

Trude hastet mit ihrem Krückstock über den welligen Flurläufer.

»Nimm dir die neuen Gästepuschen, die blauen mit dem weißen Anker auf dem Filz! Ich muss zurück an den Herd!«, ruft sie und verschwindet in der Küche.

Niklas stellt die Tüte mit Trudes Lieblingsrotwein auf den Fußboden neben das Schuhregal und angelt sich ein paar nagelneue Latschen aus dem untersten Fach.

»Hast du sie gefunden?«, fragt Trude, die kurz den Kopf zur Küchentür hinausstreckt.

»Ja, danke schön, und sogar in meiner Größe«, lobt Niklas. Bei den anderen Modellen hing bisher immer sein halber Hacken am Ende heraus.

»Die Filzlatschen sind handgefertigt. Ich habe sie vom Fischmarkt in Eckernförde mitgebracht. Carlo und ich waren am Sonntag dort«, berichtet Trude Niklas, der inzwischen mit dem Rotwein im Türrahmen der Küche steht und ihr jetzt den Wein überreicht.

»Danke für die Einladung zum Mittagessen!«, sagt er.

»Oh, meine Lieblingsmarke!«, freut sich Trude und wendet sofort wieder ihre Bratkartoffeln in der gusseisernen Pfanne. »Stell die Flasche mal neben die Zeitung auf den Tisch. Dort drüben links, wo noch frei ist.«

»Auf deine Nougatpralinen habe ich bei der Hitze lieber verzichtet«, entschuldigt sich Niklas. »Die hätten es nicht in einem Stück bis zu dir geschafft.«

»Ach, zur Not würde ich sie als Brotaufstrich verwenden«, meint Trude, die ein wenig darauf spekuliert hat, dass Niklas ihr wie immer Nougatpralinen mitbringt, die sie dann nachmittags zum Kaffee genießt.

»Nächstes Mal besorge ich dir wieder welche und lege sie vorher in der Dienststelle ins Eisfach«, verspricht er, als er die klitzekleine Enttäuschung in Trudes grauen Augen bemerkt.

»Quatsch! Beter 'n lütten Fisch as gor keen op'n Disch!«, antwortet Trude auf Plattdeutsch. »Du musst ja denken, ich bin auf meine alten Tage undankbar geworden. Danke für den schönen Wein«, sagt sie, »den kannst du uns gleich mal entkorken.«

Niklas schüttelt den Kopf und bereut es sofort wieder.

Aua, verdammte Zombie!

»Ich bin im Dienst, Trude!«, entschuldigt er sich, »für mich heute nur Wasser.«

»Ach, stimmt ja! Schade«, bedauert Trude. »Das letzte Mal warst du ja am Wochenende hier mit deiner Swantje. Bringst du sie mal wieder mit? Ist ein nettes Mädel, äh Frau meine ich, sie ist ja zum Glück nicht erst Ende zwanzig wie die davor.«

Niklas atmet lautstark aus.

Nicht schon wieder.

»Ich weiß, die Junge war nur eine Affäre. Ein ›One night dance‹ heißt es wohl auf Neudeutsch. Ich spreche das bestimmt falsch aus. Was hat das denn eigentlich mit Tanzen zu tun?«, fragt Trude, die in der Aufregung ›dance‹ und ›stand‹ verwechselt hat.

Niklas zuckt nur hilflos mit den Schultern und tut so, als ob es ihm nicht aufgefallen ist.

»Besonders gesprächig bist du heute nicht, min Jung!«, stellt Trude besorgt fest. »Bitte geh schon in die Wohnstube vor und decke uns den Tisch. Ich bin in Verzug geraten, bin aber gleich so weit. Du magst die Bratkartoffeln ja schön knusprig.«

Während Niklas den Esstisch eindeckt, wird er nachdenklich.

Es stimmt, das letzte Mal war ich mit Swantje hier.

Ich vermisse sie.

Als ihn das Taxi gestern Nacht vor Annikas Haustür abgeholt hat, war er drauf und dran gewesen, dem Fahrer Swantjes Adresse in Kiel zu nennen und sie mitten in der Nacht zu überraschen. Er hatte plötzlich solche Sehnsucht nach ihr. Der Kuss mit Annika hatte für ihn keinerlei Bedeutung gehabt. Im Gegenteil, er hat gespürt, wie sehr ihm Swantje fehlt und wie er sie noch begehrt.

Vielleicht war es falsch, ihr Angebot einer Auszeit abzulehnen, denkt er.

Wahrscheinlich ist es einfach zu viel für sie.

Die Morde sind erst zwei Monate her.

Ihre Familie wird die Last und die Schuldgefühle ein Leben lang tragen.

Ach, Swantje!

Ich hätte dich doch dabei unterstützt, alles zu verarbeiten. In guten wie in schlechten Zeiten, sagt man.

Bin ich zu egoistisch, wenn ich keine Beziehung in Raten möchte?

Niklas nimmt zwei Teller aus der Vitrine und stellt sie auf Trudes Esstisch. Wie gern hätte er jetzt einen dritten danebengestellt.

Wir sind uns zu ähnlich, deshalb kannst du meine Nähe gerade nicht ertragen, Swantje.

Ich wollte früher auch immer alles mit mir allein ausmachen und habe die Hilfe meiner Partnerin ausgeschlagen, wenn die Fälle als Sonderermittler des BKA tief in mein Privatleben hineinreichten.

Anschließend war ich oft sehr einsam.

Deshalb die Affären, das kurze Glück ohne Verpflichtung.

Aber ich möchte das nicht mehr.

Das Leben an der See hat mich geerdet.

Inzwischen könnte ich mir sogar ein Familienleben vorstellen.

Ich dachte, mit uns, das hat Zukunft ...

»Niklas!«, ruft Trude erstaunt und reißt ihn aus seinen Erinnerungen. »Was ist denn mit dir los? Du hast bisher nur zwei Teller auf den Tisch gebracht. Wo ist das Silberbesteck? Die Servietten, Gläser ...?«

Sie wuchtet die Schüssel mit den Bratkartoffeln auf den Untersetzer, den Niklas zuvor in Windeseile auf die Tischdecke gelegt hat.

»Junge!«, sagt sie bekümmert und schaut ihm tief in die Augen. »Hast du etwa Liebeskummer?«

»Vielleicht. Aber ich möchte jetzt nicht darüber reden.«

»Musst du auch nicht«, verspricht Trude und legt das Besteck und die Servietten zu den Tellern. »Hol mal bitte die Pfanne mit den beiden Schollen aus der Küche. Die ist mir zu groß zum Schleppen, aber der Fisch soll ja heiß bleiben«, erklärt sie Niklas. »Vergiss den feuerfesten Untersetzer nicht!«, ruft Trude ihm noch schnell hinterher.

»Nun iss mal, min Jung! Essen und Trinken hält Leib und Seele zusammen. Das war immer das Motto von meinem Kurt und mir. Wir hatten gemeinsam auch nicht nur rosige Tage. Bei Carlo und seiner verstorbenen Frau Inge war das genauso, hat er mir erzählt.«

»Glaube ich dir. Ich finde es übrigens sehr schön, dass ihr beiden jetzt so viel Zeit miteinander verbringt.«

»Nicht nur das«, Trude schmunzelt, »wir haben uns wirklich gern. Carlo ist ein Kavalier der alten Schule.«

Niklas, der den pensionierten Leuchtturmwärter während einer vergangenen Ermittlung näher kennengelernt hat, nickt zustimmend und zieht dabei eine Gräte zwischen seinen Zähnen hervor.

»Leg sie auf den kleinen Teller!«, bittet Trude ihn. »Eigentlich hatte ich die vorher alle entfernt.«

»Musst du nicht, ich bin ja kein Kleinkind.«

»Na, manchmal glaube ich doch. Ihr jungen Leute rennt heutzutage wegen jedem Fliegenschiss auseinander. Worüber habt ihr denn gestritten? Du und deine Swantje.«

»Über gar nichts.«

»Na, dann ist wirklich die Luft raus aus der Liebe!

Wenn man sich nicht streitet, dann gibt's ja hinterher keine schöne Versöhnung.«

In welchem Beziehungsratgeber hat sie denn diese Weisheit gelesen?

Ich muss endlich das Thema wechseln.

Jetzt ist der passende Zeitpunkt für die Fragen zu ihrem Fischmarktbesuch.

Niklas hat den Hinweis, dass Trude Hansen gemeinsam mit ihrem Freund Carlo Friedrichsen den Eckernförder Fischmarkt am letzten Sonntag besucht hat, natürlich sofort registriert.

Da Trude als Hobbydetektivin oft kein Ende bei ihrem Bericht findet und er erst in Ruhe Mittagessen wollte, hat er sich seine Fragen lieber noch aufgehoben.

»Trude, bist du eigentlich mit dem Ausflugskutter zum Fischmarkt rüber?«, beginnt er sich unverfänglich bei ihr zu erkundigen.

»Gott bewahre! Das schaukelt mir zu doll. Carlo ist mit dem Auto hingefahren. Du glaubst nicht, was da los war. Es fing schon auf dem Parkplatz an ...«

Niklas möchte etwas sagen.

»Unterbrich mich bitte nicht! Ich habe ein paar seltsame Beobachtungen gemacht. Aber damit du dich nicht beschwerst, dass ich dir in der Mittagspause mit meinen kriminalistischen Ermittlungen auf die Nerven gehe, habe ich erst einmal nichts gesagt. Zumal du genug Sorgen zu haben scheinst. Nimm dir mal frei, die Verbrecher sterben sowieso nicht aus.«

»Da hast du recht, Trude.«

»Habt ihr einen neuen Fall?«

»Trude! Kein Kommentar.«

»Ja, doch. Man munkelt beim Bäcker, dass die Dame, die auf der MS Langeland gestürzt ist, tot sei. Die Tochter der Bäckerfrau jobbt als Zimmermädchen im Hotel Ostseeglück und dort wird über einen Witwer geredet, der die große Suite jetzt allein belegt und jeden Tag die Minibar leertrinkt.«

Niklas fallen vor Staunen bald die Augen raus.

Donnerwetter! So viel zur Diskretion im teuersten Haus an der Küste.

»Erzähl mir bitte von deinem Besuch auf dem Fischmarkt, Trude! Was ist dir besonders aufgefallen?«

»Meinst du alle Vorkommnisse oder nur die ermittlungsrelevanten?«

»Bei aller Hochachtung für deinen Spürsinn, Trude, ich glaube nicht, dass du zum jetzigen Zeitpunkt den Unterschied erkennst. Also bitte alles.«

Niklas sieht auf die Uhr.

Seine Mittagspause ist vorbei.

Ich muss Gesa anrufen und ihr sagen, dass ich später komme.

»Entschuldige, Trude, könntest du bitte einen Kaffee kochen? Das wäre sehr lieb.«

»Gern doch. Das heißt, du bleibst länger?«

»Ja, aber wegen einer offiziellen Befragung. Ich hole mir nur schnell meinen Block aus dem Rucksack. Der steht im Flur vor dem Schuhregal.«

»Tu das, Niklas. Mit deinen neuen Filzlatschen hat alles angefangen!«, sagt sie aufgeregt. »Du wirst nicht glauben, was ich dir gleich berichten werde.«

23. Kapitel

In dreißig Minuten beginnt das heutige Speed-Dating.

Wie elektrisiert läuft die Agenturchefin Thea Jung durch die Strandkorbreihen an dem extra abgeteilten Abschnitt des Schönberger Strandes.

Der Getränkeservice ist ihrer Meinung nach viel zu langsam.

»Wo bleiben die neuen Gläser?«, schreit sie gegen den aufkommenden Wind, der zunehmend kühle Meeresluft vom Wasser an das Ufer bläst.

Na, wenigstens scheint die Sonne, denkt Thea und bemüht sich, ihre zerzauste Hochsteckfrisur zu richten.

Die wird den Abend nicht überstehen.

Aber der Rest muss funktionieren.

Hoffentlich hat Annika alles im Griff.

In letzter Zeit scheint sie mir etwas lustlos.

Thea schiebt sich ihre kaum sichtbaren Kopfhörer zurecht.

Dann drückt sie auf ihr kleines Funkgerät, das sie am Gürtel ihres marineblauen Kleides trägt, und spricht in das Headset.

»Annika! Wie sieht's bei dir aus? Hast du inzwischen alle Kontaktbögen auf die Strandkörbe verteilt?«

»Ja, Thea, hab ich«, antwortet Annika genervt.

»Und hast du den Wind berücksichtigt?«

»Ich bin doch nicht blind, Thea. Ich habe alle Formulare mit einer Klammer gesichert und in den Seitentaschen der Strandkörbe befestigt.«

»Sehr gut!«, lobt Thea ihre Assistentin.

»Es ist doch richtig so«, versichert sich Annika lieber noch einmal bei ihrer Chefin, »dass die erste Reihe den Teilnehmern vorbehalten ist, die Freunde oder neue Bekannte suchen, und die zwei hinteren Reihen für die Partnersuche reserviert sind?«

»Korrekt!«, bestätigt Thea. »Das habe ich dir aber schon mehrmals erklärt.«

»Ja«, gibt Annika zu.

Aber du änderst deine Pläne oft kurz vorher.

Thea verdreht genervt die Augen. »Heute soll alles auf die Minute genau funktionieren«, sagt sie und sieht auf ihren Ablaufbogen. »Merk dir das, Annika! Ich muss jetzt los.«

Während Thea nach vorn zum Strandaufgang läuft, schlägt ihr das Herz bis zum Hals. Ihre Knie sind weich wie Watte.

Ich darf nicht immer daran denken.

Oben an der Promenade, wo sie zwei ihrer Ordner postiert hat, drängelt sich bereits eine Menschentraube hinter dem Absperrband.

Plötzlich klingelt Theas Handy.

Mit zittrigen Fingern holt sie es aus der Gürteltasche.

Wer ist das denn jetzt? So kurz vor Beginn.

»Jonny?«, zischt Thea in ihr Telefon. »Das passt mir gerade gar nicht.«

»Prinzessin, ich kann dich nur erneut warnen! Warum hörst du nicht auf mich? Du kannst so etwas nicht allein durchziehen«, klagt ihr alter Freund und Privatdetektiv.

»Lass mich bitte endlich in Ruhe, Jonny! Wir sind quitt. Du hast dein Geld, dein Auftrag ist beendet«, antwortet sie barsch und legt auf.

Dann zieht sich Thea ihr Kleid über dem Busen straff, schüttelt den Sand aus ihren Sandalen und geht weiter zum Bürohäuschen des Strandkorbverleihs.

Sie greift nach dem Megafon auf dem Tisch neben der Tür.

»Herzlich willkommen bei Küstenherz!«, ruft sie der wartenden Menge zu. »Bitte nehmen Sie sich hier vorn am Kassenhäuschen einen Laufzettel und ein Los. Darauf finden Sie die Reihenfolge Ihrer Strandkorbnummern. Einfach in der ersten Nummer Platz nehmen und abwarten, wer das Los neben Ihnen gezogen hat. Wir wechseln dann nach sieben Minuten entsprechend Ihrem Laufzettel. Die blau markierten Zettel und Lose sind für die, die Freunde suchen, und die roten, wie soll es anders sein, für alle, die heute eine neue Liebe finden möchten. Hereinspaziert, unser Speed-Dating am Ostseestrand ist hiermit eröffnet!«

Einer der Ordner schneidet unter dem Beifall der Wartenden das pinkfarbene Absperrband durch. Die Urlauber und Einheimischen rennen sofort laut jubelnd und lachend den Strandaufgang hinunter.

»Ich bin so aufgeregt!«, keucht Roswitha und stößt ihren Mann in die Seite. Das Ehepaar hat sich entschieden, bei der Suche nach neuen Urlaubsbekanntschaften mitzumachen. »Langsam, Rosi!«, ruft Karl-Heinz ihr hinterher. »Wo willst du hin? Zuerst die Zettel! Außerdem benötigen wir einen Platz in der ersten Strandkorbreihe!«

»Bist du sicher?«

»So stand es im Flyer«, behauptet ihr Mann.

Die drängelnde Menschenmenge hinter ihnen lässt dem Rentnerpärchen keine Zeit zum Nachdenken.

»Freundschaft oder Liebe?«, fragt der Strandkorbverleiher und grinst. Diese besondere Aufgabe, die er heute hat, gefällt ihm.

Ein lohnendes Geschäft ist es außerdem.

»Die blauen Zettel, bitte!«, antwortet Rosi.

»Für mich genauso!«, erklärt ihr Mann. »Oder? Vielleicht …«, er schaut auf seine erschrocken dreinschauende Frau. »Scherz«, sagt er lachend und nimmt sich ebenfalls eines der blau markierten Teilnehmerpakete.

Rosi hat derweil von einer Servicekraft ein Plastikglas mit Sekt in die Hand gedrückt bekommen. »Prost!«, ruft sie ihrem Mann zu. »Was für ein Tag! So einen interessanten Urlaub hatten wir noch nie.«

»Mhm«, brummt Karl-Heinz.

Hätte ich bloß nicht den verdammten Flyer auf dem Schiff gelesen.

Wer weiß, wen Rosi uns heute anschleppt.

Sie ist immer so vertrauensselig.

Die angeberischen Bungalownachbarn hat sie auch gleich zum Kaffee eingeladen.

24. Kapitel

»Uffz! In zehn Minuten ist es vorbei.«

Erschöpft lehnt sich Olivia in ihrem blau-weiß gestreiften Strandkorb zurück.

Das heutige Date an der Ostseeküste bei Laboe ist das letzte, an dem sie teilnimmt, dann hat sie endlich genug Material für ihre investigative Reportage »Geld oder Liebe« gesammelt.

Zum Glück bin ich nicht ernsthaft interessiert.

Die Typen waren heute ausnahmslos zum Davonrennen.

War ja bisher meistens so.

Obwohl mir Stefan schon gefallen hat.

Aber er ist bei der Kripo.

Einmal und nie wieder, denkt Olivia, habe ich einen Partner gewählt, der bei der Polizei arbeitet.

Ups! Da kommt der Nächste.

Instinktiv rutscht sie in ihrem Strandkorb an den äußeren rechten Rand.

»Hallo, junges Fräulein!«, begrüßt sie ein Mann in brauner Shorts, Sandalen und weißen Tennissocken. Sein knapp sitzendes, dunkelgrünes T-Shirt verdeckt gerade so den Bauchansatz. Unter den Achseln des etwa fünfzigjährigen Mannes zeichnen sich dunkle, kreisrunde Schweißflecken ab.

Er setzt sich neben die Studentin in den Strandkorb.

»Ich bin Jörg und wie heißt du?«, fragt er.

»Olivia, ich bin im Urlaub und allein macht es weniger Spaß.«

»Das geht mir genauso.«

Jörg rückt dichter an Olivia heran. »Deshalb habe ich ja die Dating-Strecke für die Liebe gewählt«, flüstert er ihr ins Ohr.

Olivia verdreht die Augen. »Bitte halten Sie Abstand!«, fordert sie den Mann sofort energisch auf.

»Nun komm schon!«, säuselt Jörg. »Wozu machst du denn sonst hier mit? Die Händchenhalten-Reihe ist weiter vorn.«

»Das ist erst einmal nur ein Kennenlern-Date«, belehrt die Vierundzwanzigjährige den aufdringlichen Mann. »Haben Sie denn den Aushang mit den Regeln nicht gelesen?«

»Ach, du hast deine Regel?«, lästert der und dreht Olivia das Wort im Mund um. »Deshalb bist du so zickig. Na, unsere Zeit ist sowieso gleich vorbei. Genug geredet.«

Er beugt sich jetzt zu Olivia herüber und versucht, sie zu küssen.

Sie wehrt ihn ab und stößt ihm dabei mit ihrer Faust mitten ins Gesicht. Jörgs Nase beginnt sofort zu bluten.

Wütend springt er aus dem Strandkorb.

»Hilfe!«, brüllt er. »Ich verblute!«

Olivia bleibt vor Schreck starr auf ihrem Platz sitzen.

Was ist denn das für einer?

Während der acht Speed-Datings, an denen sie bisher teilgenommen hat, war ihr so etwas Ekelhaftes zum Glück noch nicht passiert.

Zur Beruhigung trinkt sie erst einmal einen Schluck aus ihrer Wasserflasche.

Ihr Dating-Partner läuft derweil vor ihrem Strandkorb auf und ab. Das Blut sprudelt fortwährend aus seiner Nase und tropft in den weißen Dünensand. Vergeblich presst er sich sein Taschentuch auf das Gesicht.

Ein Ordner eilt herbei. »Sanitäter zu Strandkorb 24, bitte!«, spricht er in sein Funkgerät. »Es kommt gleich jemand«, beruhigt der Ordner den verletzten Mann.

Olivia stutzt.

Die Stimme kenne ich doch.

Sie beugt sich nach vorn und schaut vorsichtig an der linken Strandkorbverkleidung vorbei.

Doch der Mann in der gelben Warnweste mit der Aufschrift »Küstenherz-Ordner« läuft bereits weiter.

Ich muss sofort hinterher.

25. Kapitel

Mit einem solchen Andrang habe ich nicht gerechnet.

Thea Jung atmet schwer, während sie ihre Sachen auf dem Tisch im Häuschen des Strandkorbverleihers zusammenpackt.

Der kommt kurz herein und holt sich eine Wasserflasche aus dem Kühlschrank.

»Dauert nicht mehr lange. Wir sind in fünfzehn Minuten fertig«, verspricht er und ist schon wieder zur Tür hinaus verschwunden.

Gemeinsam mit ein paar Männern aus Theas Ordnerteam trägt er die für die Dating-Veranstaltung gemieteten Strandkörbe in ihre angestammte Position zurück.

»Danke, ihr seid spitze!«, ruft Thea ihm nach.

Hoffentlich hilft Ralf auch mit.

Er hatte es heute Morgen versprochen.

Gesehen habe ich ihn noch nicht.

Müde ordnet sie die Anmeldepapiere mit den Kontaktdaten und schließt den Stapel anschließend in eine Kassette ein.

Morgen früh lasse ich meine Joggingrunde ausfallen.

Thea ist den ganzen Nachmittag und Abend durch

den weichen Dünensand hin und her gehetzt, um nach dem Rechten zu schauen. Ihre Füße brennen, als wäre sie in der Mittagssonne barfuß über den heißen Strand gelaufen.

Aber alles hat fantastisch geklappt.

Die Leute waren in bester Stimmung.

Bis auf einen Mann mit Nasenbluten gab es keine Vorkommnisse.

Plötzlich nähert sich ihr Mann Ralf dem kleinen Büro. Thea sieht ihn durch das einzige Fenster.

Er wirkt gestresst.

Vollkommen verschwitzt steckt er jetzt den Kopf durch die Tür.

»Da bin ich, Schatz! Entschuldige, es hat ein paar Minuten länger gedauert bei meinem Termin ...«

Thea schaut auf ihre filigrane, goldene Armbanduhr am Handgelenk.

»Tja«, begrüßt sie ihn schnippisch. »Mit dem Papierkram bin ich fertig, aber du könntest den Männern beim Tragen der Strandkörbe helfen. Die sind schon bei der letzten Reihe angelangt.«

»Mach ich, Liebling!«, antwortet Ralf. »Hast du vorher einen Schluck zu trinken für mich?«

Thea zeigt auf den kleinen Kühlschrank neben dem Regal mit Sonnenschutzcremes und Käppis. »Bedien dich!«

Ralf nimmt sich eine Flasche Sprudelwasser und trinkt diese, ohne einmal abzusetzen, sofort aus. »Och, tut das gut!«, stöhnt er und wischt sich mit dem Handrücken den Mund ab.

»Na, du hast ja einen Brand!«, lästert Thea. »Hast

du dein Bewirtungskontingent überzogen oder musstest du mit den Kunden zu viel Hochprozentiges trinken?«

»Letzteres, Thea«, gibt Ralf zu.

Jetzt riecht sie es auch.

Puh, hat der eine Fahne.

»So, so«, sagt sie und schüttelt enttäuscht mit dem Kopf. »Dann geh dich mal nützlich machen und schau bitte, ob du Annika findest! Ich habe keine Lust, die Reihen nach ihr abzulaufen. Sie meldet sich nicht, wenn ich sie anpiepse, und auf ihrem Handy geht nur die Mobilbox ran. Wahrscheinlich flirtet sie wieder mit einem der Ordner. Der eine von denen ist so ein Surferboy. Ein echter Hingucker.«

»Ich bin schon weg!«, antwortet Ralf und springt mit Schwung den Treppenabsatz des Holzhäuschens hinunter. Bei der Landung knickt er in dem weichen, unebenen Sand um. »Scheiße!«, schreit er. »Thea, hilf mir, bitte!«

Thea schaut zur Tür hinaus und sieht ihren Mann am Boden liegen.

»Aua!«, jammert er. »Hoffentlich ist nichts gebrochen.«

Im selben Moment kommt der junge Ordner, den Thea zuvor als Surferboy beschrieben hatte, angerannt.

»Frau Jung!«, ruft er schon von Weitem. »Sie müssen sofort kommen! Ihre Assistentin, die Annika«, keucht er, als er vor Thea steht, »sie sitzt im letzten Strandkorb und atmet nicht mehr. Alles ist voller Blut. Mein Kumpel, der als Sanitäter arbeitet, meint, sie sei tot. Wir haben bereits den Rettungsdienst verständigt.«

26. Kapitel

»Guten Abend allerseits«, begrüßt Hauptkommissarin Bähr das Team von Kriminaltechniker Uwe Feddersen. »Wie ist die Lage? Gibt es verwertbare Spuren?«

»Zu viele, Gesa. In dem Strandkorb haben heute über zwanzig verschiedene Personen gesessen. Es gab doch dieses Speed-Dating ...« Uwe schüttelt verständnislos den Kopf.

Was für verrückte Sachen neuerdings bei uns stattfinden.

Man sieht ja, wohin der Zirkus führt.

»Ich weiß, Uwe. Die Situation ist diesmal besonders schwierig für euch. Gebt trotzdem alles! Hast du den Lux gesehen?«

»Der fachsimpelt mit unserem Doc.«

Ach, Niels ist schon da?

Na, das ging ja heute schnell.

»Wo sind sie denn?«

Uwe Feddersen zeigt mit dem Arm nach rechts. »Die beiden stehen weiter vorn am Strand unter dem weißen Pavillon, den meine Jungs eben fix hochgezogen haben.«

»Gibt es dafür einen Grund?«, wundert sich Gesa.

Doch Uwe zuckt ratlos mit den Schultern. »Keine Ahnung. Ich weiß nur, dass wir die junge Frau für die erste Leichenschau dorthin bringen sollen. Sobald wir die Spuren zu Ende abgenommen haben.«

»Na, wenn der Doktor das so möchte ...« Gesa fragt gleich weiter: »Weiß man schon, wie sie umgekommen ist?«

»Sie wurde erstochen, sagt der Doc. Soweit ich das beurteilen kann«, überlegt der Kriminaltechniker, »ist die Bauchaorta getroffen worden. Die junge Schönheit ist in kürzester Zeit verblutet.«

Gesa schaut traurig auf die tote Annika.

Es sieht aus, als ob sie schläft.

Wieder ist ein Leben ausgelöscht worden.

Wieder werden wir den Angehörigen die schlimmste aller Nachrichten überbringen müssen.

Das Einzige, was wir für die junge Frau tun können, ist, ihren Mörder zu finden.

Und das werden wir!

Gesa ballt ihre kleinen Hände in der Jackentasche zu Fäusten. Der Abend ist mit der Dämmerung schlagartig kühl geworden. Zum Glück hatte sie sich schnell ihre Windjacke gegriffen, als die Nachricht von dem Verbrechen sie kurz nach ihrem ohnehin verspäteten Feierabend erreicht hatte.

»Das Tatwerkzeug? Haben du oder der Doc schon eine Idee?«, will sie von Uwe Feddersen wissen.

»Dr. von Isenberg meint, es sei ein handelsübliches Küchenmesser gewesen, mit dem die Tat ausgeführt wurde. Zwei meiner Leute suchen gerade die Dünen hinter dem Strandkorb ab und Polizeimeister Iversen ist mit seinen Kollegen von der Schutzpolizei noch weitläufiger ausgeschwärmt.«

»Mensch, da habt ihr ja schon alles ohne mich im Griff«, sagt Gesa anerkennend. Dann schaut sie skeptisch über die sanften Wellen der Ostsee. Die Abendsonne leuchtet dunkelrot am Horizont.

»In einer Stunde benötigen wir Taschenlampen«, meint sie zu Uwe Feddersen.

»Bestimmt. Unter dem Pavillon hat Iversen deshalb zwei Strahler aufgestellt. Hoffentlich sind die Akkus ausreichend aufgeladen.«

»Sehr weitsichtig«, lobt Gesa.

Warum überführt Niels die Leiche eigentlich nicht sofort in die Rechtsmedizin?

Am besten, ich frage bei ihm nach.

»Ich lauf mal weiter, Uwe, zum Doc und zu meinem Kollegen Lux. Wir müssen ja später auch noch die Zeugen befragen.«

»Die warten vor dem Bürohäuschen des Strandkorbverleihers«, sagt Uwe. »Nur die Chefin vom Ganzen, eine Thea Jung, die hat der Notarzt lieber mitgenommen. Das Opfer ist ihre Assistentin. Frau Jung hat einen Schock. Ihr Mann begleitet sie in die Klinik, er hatte sich noch kurz zuvor den Fuß umgeknickt. Die beiden haben aber ihre Handynummern dagelassen.«

»Gut, oder eher nicht«, murmelt Gesa. »Die Gesundheit geht natürlich vor. Das heißt, die Personalien der Toten sind uns bekannt?«

»Oberkommissar Lux hat sie sich sofort geben lassen, das hat er mir erzählt, bevor er zum Doc spaziert ist.«

»Danke, Uwe, dann wird er mich gleich informieren. Bis später.«

»Gesa!«, ruft Niklas erleichtert. »Gut, dass du da

bist. Ich muss dich unbedingt sprechen.«

»Ich weiß schon von Uwe, dass wir es diesmal wenigstens nicht mit einem unbekannten Opfer zu tun haben. Bring mich bitte kurz auf den neuesten Stand«, bittet Gesa ihn, während sie Niels von Isenberg zuwinkt.

»Hallo, Niels! Du hast dir heute extra einen Arbeitsplatz an der frischen Luft herrichten lassen, habe ich gehört.«

»Genau! Wenn ich schon mal aus dem Keller der Rechtsmedizin auftauchen darf ... dann kann ich auch vor Ort das Wichtigste für heute erledigen.«

Dr. von Isenberg lächelt Gesa vielversprechend zu.

Vielleicht darf ich den Abend hierbleiben.

Bei Gesa übernachten.

Die spätere Überführung kann ohne mich erfolgen.

Gesa pustet sich verlegen eine Haarsträhne aus der Stirn.

Rate ich da gerade richtig.

Was plant der Kerl denn wieder?

Sie sieht Dr. von Isenberg fragend an.

Schon klar, was er möchte.

»Gesa, bitte!« Niklas berührt seine Chefin jetzt vorsichtig am Arm. »Können wir ein paar Meter gehen? Ich muss dir dringend etwas erzählen, bevor wir die Zeugen befragen.«

Hauptkommissarin Bähr schaut kritisch auf ihren Kollegen. In ihrem Kopf rattert es. »Nein!«, ruft sie.

Niels von Isenberg, der gerade seinen Untersuchungskoffer öffnet, zuckt zusammen. Hellhörig geworden, wendet er Gesa und dem Oberkommissar den Kopf zu.

»Doch!«, antwortet der leise.

»Du kennst das Opfer! Ich hätte es ahnen können«, stöhnt Gesa.

»Nicht so laut!« Niklas schiebt sie von dem Pavillon in Richtung Ostseeufer weiter. »Komm weg hier! Das müssen doch nicht gleich alle mitbekommen«, mault er.

Die beiden setzen sich jetzt ein Stückchen weiter in einen Strandkorb.

»So, nun mal Butter bei die Fische, Niklas! Nur die Fakten, bitte. Warum du immer, sobald unsere Opfer weiblich, jung und schön sind, eine engere Beziehung zu diesen hattest, werde ich mein Horoskop später befragen.«

»Das ist mein Karma, Gesa. Ich kann es mir selbst nicht erklären«, rechtfertigt sich Oberkommissar Lux.

Gesa sieht ihn mit ihren grünen Augen scharf an. »Diesmal möchte ich sofort die Wahrheit wissen, mein Lieber! Nicht wieder scheibchenweise wie im letzten Sommer.«

Niklas nickt reumütig. »Die Blamage mit der Hundestaffel. Ich weiß ...«

»Darf sich nicht wiederholen«, zischt Gesa. »Ist die Tote deine Barbekanntschaft von gestern Abend?«

»Ja, also nicht nur. Dort habe ich Annika zufällig wiedergetroffen. Ich kenne sie schon ein paar Tage länger. Darüber gibt es sogar eine Aktennotiz.«

»Ich verstehe nur Bahnhof, Niklas! Seit wann führst du über deine Liebschaften Aktennotiz?«

»Annika ist keine Liebschaft gewesen. Der dienstliche Vermerk betrifft eine Morddrohung, die gegen sie ausgesprochen wurde.«

»Oh, das könnte ja im Nachhinein interessant werden.«

»Denke ich auch.« Niklas erzählt Gesa von dem Vorkommnis im Café, in dem Annika als Treuetesterin gearbeitet hatte und anschließend von dem überführten Ehemann bedroht wurde.

»Mhm«, sagt Gesa, »das hast du mir gar nicht erzählt.«

»So ernst hatte ich das Ganze nicht gesehen und Annika selbst auch nicht. Die Personalien der beteiligen Eheleute habe ich aber trotzdem aufgenommen. Wir waren und sind doch mit der Klärung des Todes der Frau auf der MS Langeland beschäftigt. Sie ist ja auch ermordet worden ...«

»Ja, ich weiß ...« Gesa schlägt die Hände vors Gesicht. »Wie sollen wir das nur alles schaffen?«

»Eines nach dem anderen«, erklärt Niklas nüchtern.

Gesa sieht ihn dankbar an.

Das liebe ich an ihm.

»Eine Frage habe ich noch«, sagt sie und kneift die Augen zusammen. »Warst du mit dem Opfer intim?«

»Ein längerer Kuss«, gibt Niklas zu. »Aber ich musste sofort an Swantje denken.«

»Verstehe«, murmelt Gesa, »versuch bitte trotzdem deinen Liebeskummer herauszuhalten, Niklas. Ich brauche dich und deinen kühlen Verstand, sonst fliegen uns die beiden Fälle um die Ohren.«

»Keine Sorge. Einen ersten Verdächtigen haben wir doch schon: den untreuen Ehemann aus dem Café«, beruhigt Niklas seine Chefin. »Lass uns jetzt bitte zum Doc gehen.«

Die beiden stehen aus dem Strandkorb auf und laufen durch den weichen Sand zurück.

Ich hätte andere Schuhe anziehen sollen, ärgert sich Gesa.

Plötzlich erkennt sie, wie Uwe Feddersen von einer Anhöhe in den Dünen mit den Armen rudert.

»Was hat er denn?«, überlegt sie laut.

Ob er mit der Spurenaufnahme fertig ist?

Ein Kollege der Schutzpolizei kommt eilig den Strand hinuntergerannt.

»Frau Hauptkommissarin!«, berichtet er freudig. »Wir haben ein blutiges Küchenmesser gefunden. Wahrscheinlich ist es die Tatwaffe, meint Uwe!«

»Na, siehst du, Gesa!« Niklas stupst sie freundschaftlich in die Seite. »Ein erster Erfolg für heute.«

Während er weitergeht, schaut er nachdenklich auf die Polizisten, die Annikas Leichnam zu Dr. von Isenberg auf die Plane unter dem Pavillon tragen.

Wie konnte das nur mit dir geschehen?

Er denkt an den Abend mit ihr. Ihre unbekümmerte Art hatte ihm gutgetan.

Hätte ich dich besser beschützen müssen?

Donnerstag

27. Kapitel

Am nächsten Morgen herrscht Hochbetrieb in der kleinen Kripo-Außenstelle. Bis auf den Polizeischüler Lasse ist das gesamte Team seit sieben Uhr im Büro bei der Arbeit.

»Wie lange waren Sie denn gestern Abend noch hier?«, fragt Hauptkommissarin Bähr Lisa und Stefan.

Wann sollen die ihre Überstunden jemals wieder abbummeln?

»Bis um 22.00 Uhr«, antworte Lisa.

»Und die Hühner Ihrer Eltern?«

»Ich habe meinen Cousin eingeweiht. Er hilft mir jetzt.«

»Gut, das freut mich, Lisa. Wir brauchen Sie derzeit auch nötig. Ich möchte gleich alle zusammentrommeln, damit wir gemeinsam den Stand der Dinge und die nächsten Aufgaben besprechen ...« Gesa sieht sich suchend im Großraumbüro um.

Der blaue Yoga-Ball steht unberührt in der Ecke und auf dem Stehpult fehlt Olivias Laptop.

»Wo ist denn unsere Praktikantin?«, fragt sie Lisa. »Schon am zweiten Tag zu spät kommen finde ich nicht so prickelnd. Spätestens 9.00 Uhr hatte ich ihr gesagt.«

»Oh, Entschuldigung!« Kriminalmeister Voß schaut schnell hinter seinem Bildschirm hervor. »Das hatte ich vergessen Ihnen zu sagen, Chefin. Olivia hat sich bereits gestern für den heutigen Tag abgemeldet. Sie recherchiert da in einer wichtigen Sache und muss ihren Artikel heute Abend abgeben.«

Gesa schüttelt unzufrieden den Kopf. »Das Mädel soll bloß aufpassen! Erst am Dienstag ist sie auf dem Markt mit einem unbekannten Mann aneinandergeraten. Stefan, haben Sie das Protokoll dazu fertiggestellt?«

»Wann denn? Nach der zweiten Mordmeldung hatte ich alle Hände voll zu tun und Olivia war nicht mehr im Büro.«

»Ja, Sie haben recht, das ist nicht so wichtig«, meint Gesa. »Dann setzen wir uns jetzt endlich alle zusammen und kümmern uns um unsere Aufgaben. Ich hole den Lux dazu und frischen Kaffee.«

»Während meines gestrigen Mittagsbesuchs bei Trude Hansen«, beginnt Oberkommissar Lux, »habe ich erfahren, dass sie am Sonntag gemeinsam mit ihrem Bekannten Carlo Friedrichsen den Fischmarkt in Eckernförde besucht hat. Das Bemerkenswerteste an ihrem ausführlichen Bericht, den alle gern in meinem Befragungsprotokoll nachlesen können, war der Streit einer eleganten Dame mit einem Jugendlichen. Der hatte die Frau mit Absicht angerempelt, behauptet Trude.«

Niklas schaut in die Runde.

»Nach Trudes Beschreibung«, fährt er fort, »könnte es sich bei der Frau um Christiane Tuchmacher handeln. Trude wunderte sich, wie die Frau nur Sekunden später einen neuen Kaffeebecher in der Hand hielt, obwohl die Schlange vor dem Imbissstand mehrere Meter lang war. Wer ihr den frischen Kaffee gegeben hat, daran konnte sich Trude leider nicht erinnern.«

Gesa stöhnt leise. »Wir haben in alle Richtungen nur vage Zeugenhinweise«, jammert sie. »Mehr aber auch nicht. Bei dem jüngsten Opfer, Annika Osterburg, sieht die Ermittlungslage etwas besser aus. Ein erster Verdächtiger wurde heute Nacht für vierundzwanzig Stunden in Polizeigewahrsam genommen. Er hatte der Frau vor zwei Tagen gedroht, sie umzubringen. Kollege Lux war zufällig Zeuge gewesen.«

Stefan ist skeptisch. »Ich habe die Aktennotiz des Oberkommissars gelesen«, sagt er, »aber so eine Drohung ist schnell mal dahergesagt, insbesondere in der Situation, in der sich dieser Mann befunden hat. Die Frau hat ihn heiß gemacht.«

»Das ist keine Einladung zum Mord!«, rügt Lisa den Kollegen.

»Das habe ich auch nicht behauptet!« Stefan ist sauer und sagt erst einmal gar nichts mehr.

»Nun streitet euch nicht«, beruhigt Gesa. »Es wird sich ja herausstellen, ob die Fingerabdrücke am Tatmesser von dem Verdächtigen sind. Wenn nicht, kommt er heute wieder frei.«

»Dass überhaupt verwertbare Fingerabdrücke gefunden wurden, deutet doch eher auf eine Tat im Affekt hin«, glaubt Niklas. »Der von Annika überführte Ehemann wäre meiner Meinung nach planvoller vorgegangen.«

»Vielleicht hat er die junge Frau bei dem Speed-Dating zufällig wiedergesehen«, wirft Lisa ein.

»Möglich wäre es«, bestätigt Gesa der Kriminalobermeisterin, »angeblich war er zu der Zeit in der Nähe spazieren. Er hat kein Alibi.«

Plötzlich klingelt das Telefon am Empfangstresen.

»Ich gehe schon«, sagt Lisa und springt von ihrem Platz am Besprechungstisch auf. Aus Versehen tritt sie Stefan auf den Fuß.

»Pass doch auf, Lieschen!«, zischt er.

Man, hat der eine Laune, seit Olivia bei uns ist.

Ich dachte, heute wird's besser, da sie fehlt.

Aber im Gegenteil.

Lisa nimmt den Hörer ab und stellt sofort auf laut.

»Kriminalpolizei Laboe. Außenstelle der Bezirkskriminalinspektion Kiel …«, bevor sie sich zu Ende vorstellen kann, wird sie von einer sich überschlagenden Männerstimme unterbrochen.

»Hier spricht Ralf Jung. Meine Frau und ich sollten heute Vormittag zu Ihnen in die Dienststelle kommen. Aber sie ist verschwunden. Ich dachte zuerst, sie wäre Joggen, doch die Haustür stand offen und ein Küchenfenster ist aufgebrochen worden. Auf den ersten Blick fehlt nichts. Theas Handtasche ist noch da, auch ihre Papiere und Autoschlüssel. Sie hatte ja die letzte Zeit Angst gehabt. Fühlte sich verfolgt. Ich habe gedacht, sie ist überarbeitet, aber nun, da Annika tot ist …« Er schluchzt.

»Bleiben Sie ganz ruhig, Herr Jung«, sagt Lisa mit weicher Stimme. »Haben Sie versucht, Ihre Frau anzurufen?«

»Selbstverständlich, aber ihr Handy ist ausgeschaltet.«

»Seit wann vermissen Sie Ihre Frau denn?«

»Vor zwei Stunden ist sie aufgestanden und ins Bad gegangen. Die Villa ist groß. Manchmal braucht sie lange oder läuft gleich an den Strand, um zu joggen. Ich habe mir nichts dabei gedacht.«

»Wo waren Sie währenddessen?«

»Im Bett. Ich habe mir gestern den Fuß verstaucht. Kurz bevor Annika gefunden wurde.«

Gesa gibt Lisa ein Zeichen.

»Hallo, Herr Jung! Hier ist Hauptkommissarin Bähr. Bitte fassen Sie an den besagten Stellen vorerst im Haus nichts mehr an und behalten Sie die Nerven. Vielleicht ist Ihre Frau einfach nur zum Schwimmen gegangen.«

»Nein, ihre Badesachen hängen alle im Ankleidezimmer. Außerdem fühlte sie sich nicht wohl. Eigentlich sollte sie zur Beobachtung in der Klinik bleiben. Aber Thea hat sich auf eigene Gefahr selbst entlassen. Sie kennen meine Gattin nicht, Frau Hauptkommissarin ... sie glaubt, ohne sie geht hier gar nichts. Der Tod ihrer Assistentin hat sie sehr mitgenommen. Sie macht sich Vorwürfe.«

Ralf Jung hört gar nicht mehr auf zu erzählen, findet Niklas.

Fragend schaut er zu Gesa über den Tisch.

Sie nickt.

»Herr Jung, mein Kollege Lux und ich werden Ihnen gleich einen Besuch abstatten. Außerdem schicke ich Ihnen zwei Beamte von der Kriminaltechnik in Ihre Villa. Die Kollegen werden eventuell vorhandene Einbruchspuren am Fenster sichern. Wie gesagt, berühren Sie dort bitte nichts mehr!«

28. Kapitel

Ein paar Sonnenstrahlen haben sich ihren Weg durch den Spalt zwischen den Vorhängen gebahnt und kitzeln die schlafende Olivia an ihrer Stupsnase.

Wo bin ich?

Warum schaukelt es so?

Die Studentin versucht, ihren Kopf ein Stückchen in die Höhe zu heben, um sich zu orientieren.

Aua, der schmerzt aber kräftig.

Sie möchte aufstehen.

Schitt!

Ihre Hände wurden mit Handschellen am Bett befestigt und die Füße mit einem dicken Strick zusammengebunden. Olivia schlägt das Herz vor Angst bis zum Hals. Sie hofft zu träumen.

Aber als sie versucht zu schreien und realisiert, dass ihr der Mund mit Paketband zugeklebt wurde, steigt Panik in ihr auf.

Sie zittert am ganzen Körper. Wütend zerrt sie an ihren Fesseln. Dann bricht sie in Tränen aus.

Hat keinen Zweck.

Ich bin auf einem Boot gefangen. Wahrscheinlich auf einem Segelboot. Der Innenraum der Kajüte ist schmal.

Das gleichmäßige Plätschern am Rumpf des Schiffes lässt Olivia vermuten, dass das Boot noch irgendwo vor Anker liegt.

Wie bin ich nur hierhergelangt?

Mühsam versucht sie, ihre Erinnerung an den gestrigen Abend wiederzufinden. Doch das letzte Bild, das in ihrem dröhnenden Schädel haften blieb, ist das, wie sie einem zudringlichen Kerl beim Speed-Dating am Ostseestrand die Nase blutig schlägt.

Was ist danach mit mir geschehen?

Streng dein Hirn an!

Olivia ermuntert sich verzweifelt selbst und ballt ihre gefesselten Hände zu Fäusten. Aufgeben war noch nie ihr Motto.

Wie blöd nur, dass mich heute niemand vermissen wird.

Bei der Kripo Laboe hatte sie sich dummerweise abgemeldet, wegen des Artikels über die Dating-Agentur. Der sollte auf einmal schon früher, in der Wochenendbeilage der Ostseebild gedruckt werden.

So hatte es der Chefredakteur plötzlich in einer E-Mail geschrieben.

Mein erster investigativer Beitrag.

Da konnte ich doch nicht nein sagen.

Nun bin ich da bestimmt raus.

Den Artikel schaffe ich nicht mehr pünktlich abzugeben, ärgert sich Olivia.

Wo ist überhaupt mein Rucksack mit dem Laptop?

Wahrscheinlich wollten die von der Küstenherz-Agentur verhindern, dass mein Artikel erscheint.

Die arrogante Chefin hat mich vielleicht wiedererkannt.

Oder verhält sich alles ganz anders, und der aufdringliche Jörg vom Dating hat mich auf seinem Segelboot eingesperrt?

Olivia lässt ihre Gedanken erneut zu dem Zeitpunkt zurückspulen, an dem sie Jörg die Nase blutig geboxt hatte.

Was war anschließend passiert?, überlegt sie angestrengt.

Habe ich ihm geholfen?

Nein, ich bin vor Schreck sitzen geblieben, erinnert sie sich. Jörg hat vor dem Strandkorb laut herumgebrüllt.

Jemand kam zu Hilfe.

Ja, genau, so war es!

Ein Mann in einer gelben Warnweste kümmerte sich kurz um den Verletzten und ging sofort weiter.

Ich stand auf und bin ihm hinterher.

Aber warum?

29. Kapitel

Hauptkommissarin Bähr und Oberkommissar Lux stehen unschlüssig vor dem goldverzierten Jägerzaun, der den Vorgarten von Thea Jungs zweigeschossiger Bäderstilvilla umrandet.

»Anscheinend gibt es keine Klingel«, meint Gesa, »ich glaube, die Pforte ist nicht verschlossen«.

»Das wäre aber sehr leichtsinnig. Am Haus sind nirgendwo Kameras oder sichtbare Alarmsirenen installiert worden.« Niklas schüttelt verwundert den Kopf.

Diese Villa lädt Diebe förmlich dazu ein, den gutbetuchten Bewohnern einen unerwünschten Besuch abzustatten.

Der Porsche in der Parkbucht, die teuren Granitsteine für die Wegpflasterung und die frisch renovierte Fassade mit den aufwendigen Holzschnitzarbeiten an den Rundbögen über den zwei Balkonen sind alles Hinweise, dass hier vermögende Menschen leben.

Dazu die einsame Lage in den Dünen.

»Hier riecht es förmlich nach Geld und Wertgegenständen«, sagt er zu Gesa.

»Findest du? Meiner Meinung nach stinkt es eher sehr gewöhnlich. Und zwar nach einem kaputten Auspuff und nach billigen, selbstgedrehten Zigaretten.«

Gesa rümpft die Nase.

Man, das Kraut habe ich zuletzt im ersten Semester meines Polizeistudiums gepafft.

»Ja, du hast recht«, stimmt Niklas ihr zu. »Der Geruch, der in der Luft liegt, passt nicht hierher.«

Er spitzt die Ohren.

Habe ich da nicht eben etwas rascheln hören?

»Warte mal!«, bittet er Gesa.

»Niklas, wir müssen rein!«, protestiert sie und drückt die goldfarben angestrichene Klinke an der Pforte herunter.

Doch Oberkommissar Lux ist bereits weiter zu dem freistehenden Carport mit dem Porsche gelaufen. Hinter einer daran angrenzenden zwei Meter hohen Lebensbaumhecke sieht er einen Mann mit dem Rücken zum Weg stehen. Er tritt gerade eine Zigarette im Sand aus. Sein Mofa hat er ein paar Meter weiter in den Dünen geparkt. Der Ständer des alten Vehikels hat sich tief in den weichen Sand eingegraben und droht jeden Moment zusammenzuklappen.

»Guten Tag, mein Herr!«, spricht Niklas den Mann an.

Der schreckt zusammen und dreht sich sofort um.

»Ich bin Oberkommissar Lux von der zuständigen Kriminalpolizei in Laboe. Was suchen Sie an dieser Villa? Können Sie sich ausweisen?«, fragt Niklas ihn.

Doch der Mann starrt den Kommissar nur sprachlos an und bricht kurz darauf in lautes Gelächter aus.

Hauptkommissarin Bähr ist inzwischen herbeigeeilt.

Aha, das ist der Stinker, denkt sie, als sie den etwa Fünfzigjährigen in seinen zerschlissenen Jeanssachen vor Niklas stehen sieht.

»Lux, du alter Haudegen!«, lacht der Mann. »Die Welt ist doch ein Dorf. Dass ich dich ausgerechnet an der Ostseeküste wiedersehe!« Er klatscht sich vor Begeisterung auf die Schenkel.

Gesa schaut auf Niklas. »Wer ist das?«, flüstert sie ihm zu.

Jetzt hat Niklas seinen alten Berufskollegen endlich erkannt.

Der Vollbart hat ihn komplett verändert.

Und die vielen Jahre, seit wir uns das letzte Mal gesehen haben, auch.

»Darf ich vorstellen: Johannes Jürgens, genannt Jonny«, erklärt Niklas seiner Chefin und macht dabei eine ausladende Handbewegung, als wäre der Mann ein König. »Zu meiner Zeit der bestinformierte Privatdetektiv Hamburgs.«

»Bin ich immer noch, mein Lieber!«, prahlt Jonny und wischt sich die ölverschmierten Finger an seiner Hose ab, bevor er Gesa die Hand hinstreckt.

»Guten Tag, die Dame! Ich nehme an, Sie sind dienstlich hier?«

Oder hat der Lux das Beuteschema gewechselt?

»Das ist meine Vorgesetzte, Hauptkommissarin Bähr«, erklärt Niklas ihm.

»Oha!« Jonny nimmt sofort Haltung an. »Lässt sich mein alter Freund denn überhaupt etwas sagen?«, fragt er Gesa und grinst. »Der ist doch als jahrelanger Einzelkämpfer gewissermaßen nicht steuerbar«, lästert er.

»Ich steuere niemanden, Herr Jürgens. Wir arbeiten alle im Team«, kontert Gesa. »Aber ich möchte jetzt eigentlich nicht mit Ihnen über meine Führungsqualitäten reden, sondern wissen, was Sie an der Villa zu suchen haben?«

Gesa mustert Jonny von oben bis unten.

Als Bewohner können wir ihn wohl ausschließen.

Aber heutzutage weiß man ja nie.

Neuerdings hüllen sich Stinkreiche in teure Lumpen.

»Mein Beileid«, flüstert Jonny Niklas ins Ohr, während er zwei Schritte auf Gesa zugeht. »Mein Mofa hat unterwegs Zicken gemacht«, behauptet er und stellt sich mit den Händen in den Hosentaschen lässig vor sie hin.

Gesa verzieht das Gesicht.

Der lügt doch.

»So war es!«, versichert er ihr. »Ich musste schnell irgendwo anhalten, wo ich in Ruhe daran herumbasteln konnte.« Jonny zeigt auf die schmierigen Ölflecken an seinen Händen.

Bevor Hauptkommissarin Bähr ihn weiter befragen kann, fällt Niklas ihr ins Wort.

»Gib mir mal deine Handynummer, Jonny!«, bittet er seinen Bekannten. »Oder ist deine bisherige noch aktuell?«

»Die alte ist korrekt!«

»Gut. Hier hast du meine, Jonny! Diese Nummer ist nämlich neu.« Niklas reicht ihm seine Visitenkarte.

»Wir telefonieren heute aber noch, mein Lieber«, sagt er und sieht den Detektiv dabei scharf an. Dann legt er ihm freundschaftlich die Hand auf die Schulter. »Vielleicht hast du Lust auf ein Glas Rotwein, Jonny? Bordeaux war doch deine Lieblingsmarke, wenn ich mich recht erinnere.«

Gesa starrt entsetzt auf ihren Kollegen.

Ich fasse es nicht.

Wir ermitteln in einem Mordfall und der Lux spricht Einladungen zum Weintrinken aus.

Jonny wiegt nachdenklich den Kopf und tippt sich

anschließend mit zwei Fingern an die Stirn.

»Geht klar, Niklas!«, sagt er und verabschiedet sich. »Mach's gut! Ich muss dann mal wieder. Du kannst dich natürlich jederzeit bei mir melden. Auf Wiedersehen, Frau Hauptkommissarin! Viel Erfolg, wobei auch immer!«

Unverschämter Kerl.

Niklas und Gesa stehen nur eine Minute später erneut vor dem Zaun am Vorgarten der Villa. Jonny ist abgefahren. Die stinkende Wolke aus dem defekten Auspuff seines Mopeds hüllt die Kommissare fast vollständig ein.

»Bloß weg hier!«, ruft Gesa und hält sich hustend die Hand vor den Mund. »Wir reden später über deine Eigenmächtigkeit, Niklas«, warnt sie ihn und öffnet die Pforte zum Villengrundstück.

»Da gibt es nicht viel zu sagen«, rechtfertigt er sich, »Jonny war bestimmt nicht wegen einer Panne an seinem Moped hier. Der weiß etwas und er wird es, wenn überhaupt, nur mir erzählen.«

Gesa bleibt kurz auf dem blitzblanken Granitsteinweg stehen: »Gut, ich sehe es ein. Aber wenn die Besitzerin der Villa entführt wurde, wie ihr Mann befürchtet, könnte dein Jonny ein Verdächtiger sein. Ich hoffe für dich, dass er einen festen Wohnsitz hat.«

»Selbstverständlich, nur ist er da selten anzutreffen.«

»In Ordnung, Niklas, dann lass deine alten Verbindungen aufleben und kitzle aus dem Kerl alles raus, was der weiß.«

»Na, das kann dauern. So viel Rotwein habe ich gar

nicht mehr zu Hause«, erwidert Niklas schmunzelnd, während Gesa bereits den Treppenabsatz zur Villa hochläuft.

Bevor sie den Klingelknopf betätigt, wird die Tür schon von innen geöffnet.

Nur in einem weißen Bademantel, mit goldfarbenem Gürtel, bekleidet, begrüßt Ralf Jung die Kommissare.

»Da sind Sie ja wieder!«, ruft er. »Mir war so, als hätte ich sie vor fünf Minuten schon einmal am Zaun stehen sehen.«

Gesa hat Mühe, sich zu beherrschen.

Da hättest du dir ja inzwischen etwas anziehen können.

Aber sie lächelt. »Nun sind wir ja da«, sagt sie freundlich, »ich bin Hauptkommissarin Bähr und das ist mein Kollege Oberkommissar Lux.« Plötzlich hört sie Schritte und zwei vertraute Stimmen. »Und da sind schon die Beamten von der Kriminaltechnik eingetroffen, Herr Jung! Jetzt sind wir vollständig. Bitte lassen Sie uns ins Haus.«

30. Kapitel

»Gesa!«, flüstert Uwe Feddersen von der Kriminaltechnik und zupft die Hauptkommissarin am Ärmel ihrer Windjacke. Die Villa ist voll klimatisiert, deshalb hatte sie sich ihre Jacke im Haus lieber wieder übergezogen.

»Sieh mal, der Messerblock auf dem Küchentresen! In diesem fehlt eines der japanischen Küchenmesser, und zwar das am häufigsten benutzte, sogenannte

Universalmesser«, erklärt der Kriminaltechniker Gesa.

»Vielleicht liegt es in der Spülmaschine«, meint sie.

»Nein, da habe ich schon nachgesehen«, sagt Uwe leise und dreht sich sicherheitshalber zum Fenster um.

Aber seine Sorge ist unbegründet.

Ralf Jung und Oberkommissar Lux sind inzwischen weiter in den Salon der Villa gelaufen. Der Hausherr hatte Niklas zuvor das aufgebrochene Fenster im Erker zwischen Küche und Wohnsalon gezeigt, welches er am Morgen entdeckt hatte.

Uwe spricht jetzt lauter: »Bei dem Tatwerkzeug, mit dem Annika Osterburg erstochen wurde, handelt es sich um genau so ein Messer wie das fehlende aus diesem Bambusblock, Gesa!«, berichtet er aufgeregt. »Inzwischen befindet sich das Messer zur weiteren Spurenauswertung in der Kriminaltechnik in Kiel. Der Blutschnelltest hat ja ergeben, dass es sich um das Blut der Ermordeten handelt. Die DNA-Proben wurden der Rechtsmedizin überstellt. Es gibt nämlich welche. Sogar Fingerspuren am Griff!«

»Mensch, Uwe! Dein wachsames Auge ist einfach durch nichts zu ersetzen. Dann werde ich dem feinen Herrn Jung gleich einmal auf den Zahn fühlen. Den Messerblock samt Inhalt kannst du bitte eintüten.«

Gesa läuft sofort zu Niklas und Ralf Jung in den Wohnsalon der Villa herüber.

Hier lässt es sich leben, denkt sie beim Anblick der teuren Teppiche und italienischen Designermöbel.

Aber Geschmack hat die Frau, das muss man ihr lassen.

Die Villa gehört ja Thea Jung allein, wie ihr Gatte kleinlaut zugegeben hat.

Er und Oberkommissar Lux stehen inzwischen draußen auf der Terrasse.

»Niklas, kommst du mal, bitte!«, sagt Gesa und zieht ihren Kollegen mit sich ins Haus.

»Herr Jung, Sie warten bitte hier!«, bremst sie den verdutzen Ralf, der Niklas sofort gefolgt ist. »Danke für Ihr Verständnis.«

Kopfschüttelnd zündet sich Ralf Jung eine Zigarette an.

Wer ist denn hier der Herr im Hause?

Schreckliche Frau, diese Kommissarin.

Dabei sieht die so harmlos und niedlich aus.

»Niklas«, raunt Gesa ihrem Kollegen auf dem Weg durch den Salon zu, »wir müssen den Mann auf der Stelle befragen! Eventuell stammt die Tatwaffe, mit der die Assistentin seiner Frau ermordet wurde, aus dieser Villa.«

Gesa berichtet dem Oberkommissar eilig von den Beobachtungen des Kriminaltechnikers Uwe Feddersen.

Niklas bleibt stehen und runzelt nachdenklich die Stirn. »Da bin ich ganz bei dir, Gesa«, sagt er. »Irgendetwas stimmt mit dem Kerl nicht. Herr Jung hat auch nicht mit seiner Frau gemeinsam im Schlafzimmer übernachtet, sondern im Gästezimmer geschlafen, wie er mir gegenüber zugegeben hat.«

»Ach, nee!«, wundert sich Gesa. »Wie will er dann mitbekommen haben, wann seine Frau morgens ins Badezimmer gegangen ist?«

»Genau«, bestätigt Niklas, »das Bad ist ja en Suite. Also nur direkt vom Schlafzimmer zu erreichen.«

Gesa sieht noch eine Möglichkeit. »Na, in der pompösen Villa gibt es bestimmt mehrere Bäder«, vermutet sie, »vielleicht hat Thea Jung ein anderes benutzt. Eines, das räumlich näher an dem Gästezimmer liegt, in dem ihr Mann geschlafen hat. Wir werden ihn das alles in Kürze fragen und ihn außerdem erkennungsdienstlich behandeln.«

»Willst du ihn gleich mit dem fehlenden Messer konfrontieren? Oder sollen wir erst einmal sagen, dass wir seine Fingerabdrücke nehmen, damit wir diese von denen der Einbrecher unterscheiden können?«

»Ehrlich gesagt bin ich mir unsicher«, antwortet Gesa. »Beide Varianten haben etwas für sich.«

Gesas Handy vibriert in ihrer Jackentasche.

»Moment, Niklas«, sagt sie und schaut auf das Display, »es ist Kriminalmeister Voß.«

Sie geht ein paar Schritte weiter durch den Salon und setzt sich in einen der weißen Sessel vor dem Kamin.

»Stefan! Was gibt es?«, fragt sie. »Hoffentlich hast du gute Nachrichten für mich und den Oberkommissar.«

»Wie man es nimmt, Chefin. Bei den Ermittlungen zum Tod der Christiane Tuchmacher treten Lisa und ich auf der Stelle. Aber im Fall Annika Osterburg gibt es Neuigkeiten. Die IT-Spezialisten der Kriminaltechnik haben das Handy des Opfers ausgewertet. War auch nicht besonders schwer, meint der Kollege. Ein einfaches Passwort. Annika Osterburg hatte einen Freund – einen verheirateten Mann, wie aus den Chatverläufen ersichtlich ist.«

Stimmt. Davon hat der Lux mir berichtet.

Angeblich betäubte die junge Dame ihren Liebeskummer in der Bar.

»Gibt es Fotos von dem Geliebten?«, fragt Gesa, Stefan.

»Ja, ich sende Ihnen gleich mal zwei davon auf Ihr Handy.«

»Danke, Stefan. Wir melden uns nachher wieder bei Lisa und Ihnen. In der Villa Jung ist einiges zu tun.«

»Dann auf ein gutes Gelingen«, wünscht Stefan seiner Chefin.

»Noch nicht auflegen«, bittet sie, »eine Frage habe ich noch: Gibt es schon Ergebnisse zu den Fingerabdrücken des aggressiven Ehemanns, den Annika Osterburg der Untreue überführt hatte? Wenn es nicht seine Spuren auf der Tatwaffe sind, müssen wir den Mann heute aus dem Polizeigewahrsam in Kiel entlassen. Für den Haftrichter haben wir zu wenig Beweise. Es sind alles nur vage Vermutungen und Indizien.«

»Sekunde!«, antwortet Stefan. »Ich frage bei Lisa nach.«

»Nein«, meldet er sich kurz darauf, »es liegen noch keine Resultate vor. Zum Glück haben wir bis heute Abend Zeit.«

»Auf jeden Fall halten wir den Mann so lange fest«, stimmt Gesa ihrem Kollegen zu. »Er ist immer noch unser Hauptverdächtiger, wobei sich das vielleicht heute ändert.«

Hauptkommissarin Bähr schielt zu Ralf Jung auf die Terrasse. Er sitzt dort in einem Schwingsessel und raucht.

Nicht, dass der lange Ohren macht.

»Tschüss, Stefan!«, verabschiedet sie sich jetzt. »Ich sehe mir gleich mal die Fotos von Annika Osterburgs Geliebtem an.«

Der Lux trampelt schon vor dem Kamin ungeduldig von einem Bein auf das andere.

»Niklas!«, ruft sie und hält ihr Handy in die Höhe. »Schau mal, was ich im Postkörbchen habe. Fotos vom Geliebten der Annika Osterburg.«

Niklas beugt sich zu Gesa herunter und schaut ihr über die Schulter.

»Das kann doch nicht wahr sein!«, stöhnt sie, als sie die Bilddateien öffnet. »Dieser Schauspieler! Na warte, Freundchen.«

Auch Niklas muss schlucken. Die Fotos zeigen Annika mit Ralf Jung in eindeutigen Posen.

Die beiden waren ein heimliches Paar.

Ist er etwa auch ihr Mörder?

Gesa klatscht sich angriffslustig auf die Schenkel. »Meine Vernehmungstaktik steht fest, Niklas. Wir konfrontieren ihn sofort mit dem fehlenden Messer. Der Kerl hat uns verarscht. Das Verschwinden seiner Gattin ist in ein völlig anderes Licht gerückt.«

»Klar, wir befragen ihn jetzt nicht nur, sondern vernehmen ihn als Tatverdächtigen.«

»Als DRINGEND tatverdächtig«, widerspricht Gesa.

»Das heißt, du willst ihn dem Haftrichter vorführen?« Niklas äußert Zweifel. »Dass es sich bei dem fehlenden Messer aus seiner Küche um die Tatwaffe handelt, ist doch bisher nur eine Vermutung.«

»Es stammt mit Sicherheit aus dem Messerblock der Villa! Uwe hat so ein gutes Auge und die Messer sind aus feinstem japanischem Edelstahl gefertigt. Ich glaube da nicht an Zufälle. So ein hochwertiges Messer gehört weder zur Grundausstattung der Laboer Ferienwohnungen, noch zerlegen unsere Fischer damit ihren Fang.«

»Ja, womöglich hast du recht, Gesa.«

»Ich wette, wir finden seine Fingerabdrücke auf der Tatwaffe.«

»Das wäre aber selten dämlich von Ralf Jung«, widerspricht Niklas. »Überhaupt, warum sollte er Annika bei dem Speed-Dating töten? Er hätte andere, viel unauffälligere Möglichkeiten gehabt. Ein Motiv fehlt mir ebenfalls.«

»Wahrscheinlich war es eine Tat im Affekt«, gibt Gesa zu bedenken. »Er hatte es eilig. Vielleicht wollte Annika seiner Frau alles erzählen. Die ist doch außerdem ihre Chefin gewesen.«

»Stimmt. Annika hatte sich in der Bar bei mir beklagt, dass ihr Freund nicht zu ihr steht und keinen A… in der Hose hätte, es seiner Ehefrau zu beichten ... Das waren Annikas Worte.«

»Niklas! Wir haben höchstwahrscheinlich unseren Mörder! Der Ehefrau gehört doch diese noble Villa hier. Wir müssen sofort die Vermögensverhältnisse der beiden durchleuchten lassen. Wenn Ralf Jung finanziell von seiner Frau abhängig ist, dann hätte er ein Motiv, seine Geliebte aus dem Weg zu räumen.«

»Ja, so ist es, Gesa. Wir müssen ihn vorläufig festnehmen, bevor er uns abhaut«, schlägt Niklas ihr vor. »Ich mache das.«

»Aber nicht draußen auf der Terrasse! Lock ihn wieder ins Haus, bitte. Am besten in die Küche, dort sind zwei Kollegen der Kriminaltechnik mit der Spurensicherung beschäftigt.«

»Okay. Halte die Handschellen bereit, Gesa.«

Hauptkommissarin Bähr klopft auf ihre Aktentasche neben sich am Sessel.

»Hab ich dabei«, sagt sie und kneift die Augen zusammen.

Sie überlegt, was sie gleich als Nächstes tun muss, während Niklas skeptisch zur Terrasse herüberschaut und Ralf Jung beim Rauchen beobachtet.

Gesas grüne Augen glänzen vor Aufregung: »Ich werde gleich Polizeimeister Iversen anrufen und veranlassen, dass er den Mann abholt und ins Vernehmungszimmer in unsere Dienststelle bringt. Für die Villa benötige ich außerdem einen richterlichen Durchsuchungsbeschluss. Das wird kein Problem sein ... Mann oh Mann, gerade überschlagen sich ja hier die Ereignisse«, stöhnt sie.

Niklas lässt Ralf Jung derweil nicht aus den Augen.

»Er hat fertig geraucht und steht auf, Gesa«, sagt er. »Es ist besser, wenn ich ihn jetzt sofort reinhole.«

»Na, dann los!«

31. Kapitel

Auf der Terrasse seines gemieteten Hauses ist es heute Abend, trotz der Nähe zur Ostsee, stickig. Niklas wedelt sich mit der Hand frische Luft zu und gießt sich ein alkoholfreies Bier ein.

Er würde gern eine Runde schwimmen gehen, aber leider hat er noch keinen Feierabend.

Jonny Jürgens wird in ungefähr zwanzig Minuten eintreffen.

So ganz pünktlich ist der ja nie.

Vielleicht bringt er uns in unserem Fall weiter.

Ralf Jung hatte ja in der Vernehmung alles abgestritten.

Na, eigentlich hat er fast nichts gesagt, sondern nur sein Anwalt.

Ein verdammt harter Hund war das.

Obwohl die einzigen, teilweise stark verwischten Fingerabdrücke auf dem Tatmesser tatsächlich von Ralf Jung stammen, wird es schwierig, ihm den Mord an Annika ohne Geständnis nachzuweisen, befürchtet Niklas.

Der erfahrene Anwalt des Mordverdächtigen hat behauptet, jemand anderes könnte das Messer anschließend genauso gut mit Handschuhen benutzt haben.

Leider stimmt das.

Aber für den Haftrichter haben die Beweise erst einmal ausgereicht.

Herr Jung sitzt in Untersuchungshaft und der untreue Torsten ist wieder auf freiem Fuß.

Irgendetwas an der Sache stimmt trotzdem nicht.

Ralf Jung ist ein gerissener Geschäftsmann und nicht so blöd, sein eigenes Küchenmesser unmittelbar in der Nähe der Toten in die Dünen zu werfen.

Oder war er so in Panik?

Dann hat Gesa recht.

Niklas spielt gedankenversunken mit dem Untersetzer seiner Bierflasche. Er stellt die ausgetrunkene Flasche unter den Campingtisch.

Oha, die Pullen müsste ich mal entsorgen, denkt er

beim Anblick der Reihe Leergut unter seinem Tisch.

Na, Jonny wird es nicht stören.

So wie seine Bude früher immer aussah ...

Nur dass es lauter Weinflaschen waren, die überall herumlagen.

Ich werde den Rotwein für ihn schon einmal öffnen, damit der Luft bekommt.

Niklas steht auf und will gerade in die Küche gehen, da klingelt sein Handy auf dem Tisch.

Jonny!

»Hallo, Großer! Was gibt's?«, fragt Niklas, der seinen alten Bekannten schon ewig so nennt, obwohl er den untersetzten Jonny um zwei Kopflängen überragt.

»Tut mir leid, Niklas, wir müssen das Treffen verschieben.«

»Warum denn?«

»Ich muss zuerst mit Thea sprechen und ich habe eine Ahnung, wo sie sich verstecken könnte.«

»Du gehst also davon aus, dass Frau Jung, du nennst sie Thea, ihr Haus freiwillig verlassen hat.«

»Ja, ich nenne sie Thea. Wir kennen uns, waren sogar mal zusammen, aber sie hat sich für den schnöseligen Ralf entschieden ...«

»Das tut mir leid«, meint Niklas. »Nur zu deiner Information, Ralf Jung wurde inzwischen verhaftet. Warum warst du denn heute an der Villa, Jonny?«

Der Detektiv pfeift triumphierend durch die Zähne.

Super, das A…loch ist hinter Gittern.

»Aus Sorge um Thea«, versichert er. »Sie fühlte sich verfolgt und hatte mich beauftragt, ihrem Verdacht nachzugehen.«

»Jonny, du musst mir sagen, was du weißt!«

»Berufsgeheimnis. Ich bekomme sonst nie wieder einen Auftrag.«

Doch Niklas lässt nicht locker.

»Aber ich habe noch etwas gut bei dir, Jonny!«, bettelt er.

»Das habe ich auch nicht vergessen, und dass Theas Assistentin tot ist, verändert die Lage zusätzlich.«

»Gut, dass du es einsiehst. Vielleicht ist deine Klientin ebenfalls in Gefahr. Vor wem versteckt sich Frau Jung deiner Meinung nach?«

»Niklas, es bleibt dabei. Kein Kommentar.«

»Wusste sie von dem Verhältnis ihres Mannes?«

»Ebenso. Kein Kommentar«, wiederholt Jonny. »Aber es ist gut, dass ihr den Kerl verhaftet habt.«

»Du traust ihm den Mord an Annika Osterburg zu?«

»Ich traue prinzipiell jedem einen Mord zu.«

»Jonny, so kommen wir nicht weiter.«

»Sehe ich genauso, aber gib mir bitte etwas Zeit. Sagen wir, bis morgen Abend! Wenn ich mit Thea gesprochen habe, melde ich mich sofort bei dir.«

Niklas verdreht die Augen.

Das wird Gesa nicht zufriedenstellen.

Aber mir bleibt nichts anderes übrig.

»Okay, Jonny«, sagt er mürrisch, »ich habe dein Wort.«

»Das hast du.«

»Jonny?«, ruft Niklas und schüttelt sein Handy.

Doch der Detektiv hat bereits aufgelegt.

32. Kapitel

Seit Olivia das Klebeband vor dem Mund kurzfristig heruntergerissen wurde, um ihr Wasser einzuflößen, spürt sie ihren Hunger nicht mehr. Sie fühlt sich auf einmal gar nicht so schlecht, ihre Panik ist verflogen. Mit geschlossenen Augen dämmert sie seit Stunden wie in einer Trance vor sich hin.

Ihr Zustand erinnert Olivia an die Aufwachphase nach ihrer Blinddarmoperation vor fünf Jahren. Genauso nimmt sie ihre Umwelt wahr. Sie hört Geräusche und Stimmen, versteht aber den Inhalt von Gesprächen nicht.

Mein Gehirn arbeitet gaaanz laaangsam ...

Jemand poltert die kleine Treppe zu der Kajüte hinunter, in der Olivia liegt. Er möchte an Deck nicht gesehen werden, während er telefoniert.

»Verstehe«, spricht der Mann leise in sein Handy und vergewissert sich dabei mit einem Blick auf die Koje, dass seine Gefangene schläft.

Olivia zuckt kurz.

Die Stimme!

Der Mann geht zu ihr und stößt sie zur Kontrolle grob in die Seite.

Doch Olivia spürt nichts, sondern bleibt regungslos liegen. Gerade ist sie wieder sehr weit weg ...

Der Mann telefoniert weiter: »Du benötigst also bis Sonntag dein Boot zurück, Peer?«, fragt er aufgeregt.

»Ja, unbedingt. Ich könnte es am Samstag aber selbst abholen.«

»Na, hör mal! Das ist doch Ehrensache, dass ich es dir bringe. Ich segle dir den Kahn über die Förde rüber zum Anleger beim Golfplatz. Passt so gegen 10.00 Uhr oder wäre das zu spät?«

»Alles gut, um die Zeit frühstücken wir noch im Hotel. Hetz dich nur nicht.«

»Danke, Peer, ich muss jetzt Schluss machen. Ich weiß nicht mehr, wo mir der Kopf steht. Es gibt gerade so viel zu bedenken.«

»Das glaube ich dir sofort. Wie gesagt, ich kann mir das Boot auch morgen holen.«

»Nicht nötig. Mach's gut, mein Lieber, bis Sonntag.«

Freitag

33. Kapitel

Gesa sitzt seit 7.00 Uhr morgens vor ihrem Bildschirm und klickt sich schon dreißig Minuten lang durch die geöffneten Dateien in ihrem Postkorb.

Sie stöhnt leise.

Wie war das eigentlich, als es noch keine E-Mails gab?

Wie viele Briefe musste eine Hauptkommissarin damals am Tag lesen und bearbeiten?

Ich wette, dieselbe Menge wie ich heute in einer Stunde.

Ein Hoch auf die neue Technik!

Ihr Telefonapparat meldet einen Anruf von außerhalb.

Zimmermann!

Er hat ihre Durchwahlnummer gewählt.

Das bedeutet nichts Gutes.

»Bähr! Moin, Kollege Hauptkommissar! So früh

heute? Wo brennt es denn?«

»Nirgends, ich wollte Ihnen nur einen guten Morgen wünschen und fragen, wie sich Olivia so macht. Ist sie denn schon bei Ihnen?«

»Ihre Nichte ist wirklich eine sympathische junge Frau. Sie beginnt aber erst um 9.00 Uhr oder später, falls sie etwas für die Uni erledigen muss«, erklärt Gesa ihrem Vorgesetzten und überlegt, ob sie sagen soll, dass Olivia gestern gar nicht hier war.

Ach, was geht ihn das an.

Das Mädel hatte sich ja bei Stefan abgemeldet.

Wirklich helfen kann sie uns ohnehin nicht.

Eine weniger, die im Weg steht. Ihr letzter Einsatz auf dem Markt endete ja etwas unglücklich.

Zum Piepen, als ob wir nicht genug zu tun hätten, rangelt sie um einen fremden Rucksack.

»Frau Bähr!«, ruft Zimmermann. »Sind Sie noch am Apparat?«

»Ja, ja«, antwortet Gesa und knickt schnell das Telefonkabel, das an ihrem Schreibtisch herunterhängt, zweimal kräftig zusammen. Sie weiß, dass es dann in der Leitung knackt. »Ich habe Sie gerade nicht gehört«, schwindelt sie.

»Tut mir leid. Bei mir hat es eben auch geknackt.«

»Sehen Sie, Kollege Zimmermann, ich sage und schreibe es ja immer wieder – unsere veraltete EDV ...«

»Kollegin Bähr, ich unterbreche Sie ja ungern, aber ich muss gleich zu einer wichtigen Dienstbesprechung ...«

»Dann möchte ich Sie nicht länger aufhalten, auf Wiedersehen!«, sagt Gesa und legt auf.

Aber ..., ärgert sich Hauptkommissar Zimmermann.

Hätte ich nur später angerufen.

Er wollte eigentlich darum bitten, dass Gesa Olivia fragt, warum sie gestern Abend nicht zum Abendbrot gekommen ist. Seine Frau Elisabeth hatte extra Olivias Lieblingsessen, Spaghetti mit Meeresfrüchten, zubereitet. Er musste alles allein essen, dabei hasst er Meeresfrüchte. Die Shrimps erinnern ihn an Würmer und von Muscheln wird ihm immer schlecht.

Zimmermann hat seiner Frau versprochen, nach Olivia zu fragen. Seine Nichte hat ihr Handy ausgeschaltet.

Das macht sie öfter.

Kein Wunder. Elisabeth fühlt sich ja nach dem Tod ihrer Schwester als Mutterersatz für Olivia und ruft sie ständig an.

Erschrocken sieht Hauptkommissar Zimmermann auf die Uhr der Wetterstation auf seinem Schreibtisch.

So spät schon?

Er rafft seine Unterlagen zusammen.

Ich muss zur Sitzung.

Gesa schließt ihr E-Mail-Postfach.

Der Rest kann warten.

Ich muss erst einmal zu Lisa und Stefan und danach zum Lux in sein Büro, hören, was er gestern Abend aus dem schmierigen Detektiv herausbekommen hat.

Kaum betritt die Hauptkommissarin das Großraumbüro, klingelt erneut das Telefon.

Stefan nimmt ab, da Lisa gerade dabei ist, dem Polizeischüler Lasse die Protokolle ihrer Befragung zu übergeben. Lasse soll die Aussagen der Fahrgäste des Ausflugskutters MS Langeland anschließend im Zentraldokument der Kripo digitalisieren.

»Es ist Iversen«, meint Stefan zu Gesa. »Ich stelle mal den Lautsprecher an.«

»Hallo, zusammen!«, ruft Iversen.

Lisa und Lasse heben sofort die Köpfe.

»Ihr werdet es nicht glauben«, führt der Polizeimeister fort. »Ich bin hier mit zwei Kollegen am Carport der Villa zugange, da versucht doch eine Dame, das Polizeisiegel an der Tür zu entfernen. Ich denk, mich streift ein Hai. Der hab ich gleich mal gezeigt, wo das Schaf die Locken hat.«

»Iversen!«, ruft Gesa. »Komm zur Sache! Wo ist die Frau?«

»Sitzt auf dem Treppenabsatz und behauptet, Thea Jung zu sein. Das ist doch diese Agenturchefin. Auf den Flyern, die ich schon in der Hand gehalten habe, war aber kein Foto von ihr. Die Dame kann sich nicht ausweisen und angeblich an nichts erinnern. Ihr Handy müsste erst aufgeladen werden. Das kann sie uns auch nicht zeigen. Jemand hätte sie vorn am Dünenweg ausgesetzt ...«, erzählt Iversen. Er beschreibt kurz das Aussehen der Frau.

»Dann handelt es sich tatsächlich um Thea Jung!«, behauptet Lisa. »Ich erinnere ihr Foto aus der Akte, Ralf Jung.«

»Ich nicht!«, empört sich Iversen. »Woher denn auch, bitte schön?«

»Du bist eben nicht die Kripo«, beruhigt Stefan den Kollegen von der Schutzpolizei, »und zur Fahndung war Thea Jung nicht ausgeschrieben. Sie war ja keine

24 Stunden weg. Außerdem lag der Verdacht nahe, dass sie sich nur vor ihrem Mann versteckt hält. Der sitzt inzwischen in U-Haft.«

»Mann, bei euch blickt keiner mehr durch!«, schimpft Iversen. »Was mach ich jetzt mit der Frau?«

Gesa überlegt. »Die Spusi ist ja im Haus durch. Also von mir aus kann sie rein, wenn du sie begleitest. Ruf aber erst einmal einen Arzt und wenn der sein Okay gibt, bringst du sie anschließend sofort zu uns. Die Frau ist eine wichtige Zeugin. Wir müssen sie gleich befragen. Eigentlich sollte sie schon gestern in unserer Dienststelle erscheinen.«

»Und wenn der Arzt meint, sie soll lieber zu Hause bleiben? Die Dame ist ganz schön durch den Wind.«

»Dann kommen wir zu ihr, also wahrscheinlich der Lux«, antwortet Gesa. »Halt uns bitte auf dem Laufenden, Iversen, und danke!«

»Schon gut«, brummt der und legt auf.

Was tut man nicht alles.

34. Kapitel

Zwei Stunden später diskutieren Gesa und Niklas im Büro der Hauptkommissarin darüber, wer von ihnen beiden gleich Thea Jung befragen wird.

Die zweiundvierzigjährige Geschäftsfrau wartet frisch gestylt im Vernehmungsraum der Schutzpolizei, im Erdgeschoss der Dienststelle.

»Ich finde, du solltest die Vernehmung führen, Niklas. Du hast Schlag bei den Damen und du hast mit deinem Freund Jonny über sie gesprochen.«

»Aber ich weiß nichts. Jonny will mir erst heute Abend mehr erzählen.«

»Ja, blöd, dass er nicht mit uns zusammenarbeitet.«

»Er ist Privatdetektiv.«

Gesa schaut Niklas bittend an.

»Was ist denn nun? Mir bricht gerade alles über dem Kopf zusammen. Ich weiß wirklich nicht, wie ich mein heutiges Pensum sonst bewältigen soll.«

»Mhm, gut, ich mach's. Obwohl ich mir nicht allzu viel davon verspreche, ohne Jonnys Informationen.«

»Danke, Niklas. Ich muss den Wochenbericht fertigstellen ...« Gesa seufzt. »Also«, sie setzt ein schuldbewusstes Gesicht auf, »den von letzter Woche und von dieser auch noch. Ich wurde gemahnt. Zum Glück deckt mich Zimmermanns Sekretärin. Bisher war es kein Problem, später abzugeben. Der Alte liest die Berichte ja selbst erst mit drei Wochen Verzögerung. Aber plötzlich scheint in der Bezirkskriminalinspektion ein schärferer Wind zu wehen. Der Zimmermann war heute schon um halb acht im Büro und hat mich angerufen.«

»Was wollte er denn?«

»Er hat sich nach seiner Nichte erkundigt. Als ob ich ihr Kindermädchen bin«, schimpft Gesa. »Wo bleibt Olivia denn überhaupt? So bekommt sie die Woche Praktikum auch rum ... Was ich dann in ihre Beurteilung schreiben soll, weiß ich nicht.«

»Merkwürdig«, meint Niklas, »Stefan hat mich auch schon gefragt, ob ich weiß, wo Olivia ist und ob wir sie bei den Ermittlungen eingeteilt hätten.«

»Na, das wäre ja noch schöner. Wofür soll ich die denn einsetzen?«

»Sie geht nicht an ihr Handy, hätte es ausgeschaltet, sagt Stefan.«

»Mann, Niklas! Worum soll ich mich denn noch kümmern? Wir haben zwei tote junge Frauen, deren Mörder wir finden müssen. Olivia ist wirklich ein nettes Mädchen, aber auch etwas eigensinnig.«

»Wie kommst du zu dieser Einschätzung?«

»Das lass dir mal von Stefan erzählen. Ich muss jetzt an meinen Bericht und du runter zu Thea Jung. Der Iversen rechnet mir sonst den zusätzlichen Kaffee ab, den die Frau dort womöglich zu viel trinkt, weil sie so lange warten muss.«

»Okay«, sagt Niklas und sieht sich suchend in Gesas Büro um. »Das Aufnahmegerät?«, fragt er.

»Das verwahrt Lisa! Mensch, Lux! Wie lange bist du jetzt schon bei uns?«

»Fast ein Jahr.«

»Kinder, wie die Zeit vergeht. Was sagt denn mein Schwager Gerd eigentlich, dass du sein Ferienhaus immer noch belegst.«

»Oh, nächste Frage bitte, Gesa. Das Gespräch mit ihm steht mir demnächst bevor. Ich habe gar keine Lust, schon wieder umzuziehen.«

»Wie ich Gerd kenne, wirst du wohl um eine Mieterhöhung nicht herumkommen«, lacht Gesa, »der bisherige Freundschaftspreis war nur für eine Übergangszeit gedacht. Es handelt sich bei dem Haus um eine Urlaubsunterkunft in bester Lage.«

»Schon klar, Gesa, aber genau wie du habe ich gerade sehr wenig Zeit, mich um meine persönlichen Angelegenheiten zu kümmern.«

Sogar über meine Beziehung zu Swantje denke ich kaum

noch nach.

Auszeit oder Ende?

Ich weiß es nicht.

»Niklas!« Gesa holt den Oberkommissar aus seinen Gedanken. »Lass uns an die Arbeit gehen! Ich bin echt froh, dass du bei uns bist.«

»Na, mit diesem Lob stürze ich mich gleich viel motivierter in die Vernehmung«, antwortet er lachend und verlässt das Büro seiner Chefin.

Ist wirklich schön an der Küste.

Frieda meint, ich bin ein richtiger Fischkopp geworden.

Ach, Schwesterchen, besuch mich bloß bald wieder.

Beruflich läuft's, aber mein Privatleben hat den nächsten Knacks bekommen.

35. Kapitel

»Frau Jung«, bittet Niklas Thea, nachdem er sich vorgestellt und die Zeugin ordnungsgemäß belehrt hat, »reden Sie ganz offen mit mir! Dass Sie sich nicht mehr erinnern, wo Sie von gestern bis heute Morgen gewesen sind, nehme ich Ihnen nicht ab. Ich weiß, dass Sie sich bedroht fühlen. Wir können Ihnen helfen, Sie beschützen.«

»Das ist nicht nötig«, antwortet Thea schnippisch, »bisher habe ich mich gut um mich selbst gekümmert. Übrigens, mein Kaffee ist alle ... Ich habe ihn ausgetrunken, da ich schon eine halbe Stunde auf Sie warten musste«, beschwert sich Thea.

Was für eine Diva!

»Würden Sie der Dame bitte einen neuen holen,

Kollege?«, fragt Niklas den anwesenden Schutzpolizisten.

Falls Thea Jung ermittlungsrelevante Aussagen trifft, ist es besser, die Befragung nicht allein durchzuführen.

Gesa wollte auf Nummer sicher gehen.

Vom Team der Kripo konnte sie jedoch niemanden abstellen. Lisa und Stefan sind mit ihren Recherchen zu stark beschäftigt.

Thea Jung gähnt Niklas ungeniert ins Gesicht und schlägt ihr linkes Bein über das rechte Knie.

»Der Jonny übertreibt«, versichert sie ihm, »niemand hat mich verfolgt. Ich war einfach so im Stress, dass ich überall Schritte und Stimmen gehört habe. Jonny ist ein alter Freund und mein Mann ist mir keine große Hilfe, wenn ich mich schwach fühle. Deshalb brauchte ich jemanden zum Ausweinen. Sie verstehen?«

Niklas nickt.

Ich glaube der kein Wort.

Jonny hat sich das mit ihrem Auftrag doch nicht ausgedacht.

»Ihr Ehemann steht nun unter dringendem Mordverdacht«, konfrontiert er Thea mit den Fakten, »was sagen Sie dazu?«

»So etwas traue ich ihm nie im Leben zu.«

»Wussten Sie, dass er ein Verhältnis mit Ihrer Assistentin hatte?«, bohrt Niklas nach.

»Nein, das habe ich erst im Polizeiauto von dem freundlichen Herrn Iversen erfahren. Der hat mir erklärt, dass Ralf inzwischen verhaftet wurde und warum.«

Iversen, das hat ein Nachspiel.

Du hast dich von der Frau einwickeln lassen. Meine Vernehmungsstrategie wurde damit torpediert!

»Frau Jung, Sie sind eine gestandene Frau, die dazu geschäftlich mit Liebesangelegenheiten zu tun hat ... und da wollen Sie nichts von der Beziehung Ihres Mannes zu Annika Osterburg bemerkt haben?«

»Herr Kommissar, dass er etwas am Laufen hat, habe ich schon befürchtet. Da haben Sie recht. Unser Eheleben war, sagen wir mal, allmählich eingeschlafen. Wir arbeiten beide sehr viel. Aber dass es Annika ist, mit der er mich betrügt, hätte ich mir in meinen schlimmsten Albträumen nicht vorstellen können!«

Theas Augen funkeln Niklas wütend an.

»Ich habe Annika aus dem Milieu geholt«, jammert sie, »dem Mädchen ein Zuhause und einen sehr gut bezahlten Job gegeben ...«

»Bei dem die junge Frau Morddrohungen erhalten hat. Ich war selbst Zeuge«, unterbricht Niklas Thea.

»Ja, das passiert gelegentlich. Was glauben Sie, wie oft mir schon gedroht wurde?«, wiegelt Thea ab.

»Bitte schön!«, der Polizeibeamte bringt ihr jetzt einen Becher mit frischem Kaffee an den Platz. Er hatte diesen inzwischen aus der Kanne auf dem Sideboard nachgefüllt.

»Danke«, antwortet Thea freundlich. Nachdem sie ein paar Schlucke getrunken hat, redet sie weiter: »Ich habe solche kritischen Angelegenheiten jedes Mal gütlich regeln können. Ich kann die Männer ja verstehen. Annika nicht zu verfallen, ist eine hohe Hürde, die jeder von ihnen im Treuetest nehmen musste«, gibt sie zu und seufzt.

»Ihr eigener hat auch nicht geschafft, darüber zu

springen«, rutscht es Niklas raus. Er beißt sich auf die Zunge.

Das hätte ich nicht sagen dürfen.

Aber die Frau hat so etwas Provozierendes an sich.

Doch Thea scheint es nichts auszumachen. Sie schimpft weiter auf Annika: »Dass Ralf mir nicht immer treu war, ist kein Geheimnis, aber für Annika hätte mein Mann tabu sein müssen. Ich habe immer befürchtet, dass ich sie mal an einen reichen Gönner verliere, sobald ein Gutaussehender daherkommt, aber von Ralf hätte sie die Finger lassen sollen!«, ereifert sich Thea.

Niklas staunt.

Die hat sich ja richtig in Rage geredet.

Für mich klingt das nach einem Motiv.

Aber sie hat ein Alibi, dafür gibt es Zeugen.

Thea Jung war zum Tatzeitpunkt im Büro des Strandkorbverleihs.

Ohne Jonnys Aussage komme ich mit der nicht weiter.

36. Kapitel

»Nun komm schon, Karl-Heinz! Nur noch einen Kilometer, dann gibt's ein gemeinsames Mittagessen!«, spornt Roswitha ihren Mann an.

Karl Heinz, der gut zehn Meter hinter die kleine Wandergruppe zurückgefallen ist, zieht sich das Sonnenkäppi tiefer in die Stirn.

Ohne mich, denkt er.

Euer Grünzeug könnt ihr allein knabbern.

Ich hau mir im Bungalow eine Bratwurst in die Pfanne und

mache anschließend Mittagsschlaf auf der schattigen Terrasse.

»Dein Mann muss wirklich an seiner Kondition arbeiten«, raunt Gerlinde, eine tief gebräunte, durchtrainierte Siebzigjährige, Roswitha ins Ohr. Die pensionierte Sportlehrerin verbringt mit ihrem Mann Dieter, einem Kaufmann im Ruhestand, den ganzen Sommer auf dem Campingplatz am Schönberger Strand bei Kalifornien.

Wer einmal hier war, will nie wieder weg, hat sie Roswitha vorgeschwärmt.

Die stöhnt jetzt leise. »Karl-Heinz tut sich mit allem, was neu ist, immer sehr schwer. Die Macht der Gewohnheit, verstehst du?«, entschuldigt sich die Rentnerin bei ihrer neuen Bekannten.

Beim Speed-Dating für Freunde und Urlaubsbekanntschaften hatte Roswitha Gerlinde kennengelernt, und seitdem unternehmen die Ehepaare ständig etwas zusammen. Vor allem wandern sie viel.

Gerlinde hakt ihre neue Freundin unter. »Keine Sorge, das wird schon mit deinem Mann. Aller Anfang ist schwer«, tröstet sie Roswitha, »ihr kennt doch jetzt die zehn Punkte unseres ›Ab jetzt gesund‹-Plans. Damit schafft es jeder. Stimmt's, Dieter?«

»Ja, Hasemaus«, schnauft Dieter neben seiner Frau und zwinkert ihr zu, »man findet sogar längst stillgelegte Kräfte wieder. Mittagsschlaf war gestern. Heute machen wir ...«

»Dieter!«, ermahnt ihn Gerlinde.

»Yoga, wollte ich sagen«, ergänzt Dieter und macht eine vielsagende Handbewegung.

Roswitha dreht sich peinlich berührt zu ihrem Mann um.

Doch Karl-Heinz ist stehengeblieben und schaut suchend nach links und rechts.

»Was hast du?«, ruft sie. »Geht ruhig schon vor!«, bittet sie Dieter und Gerlinde und läuft ihrem Mann ein paar Schritte entgegen.

»Ich muss mal«, antwortet Karl-Heinz mürrisch, »oder gibt's da auch schon eine Wunderübung für? Ich kenne als Alternative nur Hochziehen und Ausspucken.«

Roswitha ärgert sich.

Warum redet Karl-Heinz so vulgär?

Was hat er gegen unsere neuen Freunde?

Wahrscheinlich, weil Dieter ständig über Sex faselt.

Mich nervt es auch, aber Gerlinde ist eine tolle Frau.

Sie hat so viel Elan und gute Ideen.

Während Roswitha auf dem Weg stehenbleibt und wartet, bricht sich Karl-Heinz mit den Armen eine Schneise durch den mannshohen Strandhafer.

Der Druck auf seiner Blase ist unerträglich.

Endlich.

Hier ist ein guter Platz.

»Ssssss! Ssssss!«, summt es auf einmal. Unmengen von Fliegen umkreisen ihn.

»Pfui, Deibel!«

Bin ich etwa in einen Haufen getreten?

Erschrocken springt er beiseite und schaut sofort unter seine nagelneuen Laufsportschuhe.

Gestern erst gekauft, die teuren Dinger.

Ist pure Verschwendung, zu Hause ziehe ich die ohnehin nicht mehr an.

Neugierig drückt er die Zweige einer umgeknickten jungen Kiefer beiseite. Sofort steigt ein neuer

Schwarm Fliegen auf und hüllt ihn in eine dunkle Wolke ein.

Angeekelt schlägt Karl-Heinz um sich.

Als sich der Schleier wieder lichtet, sieht er an dem Platz, wo zuvor die Fliegen saßen, einen Mann am Boden liegen. In dessen Brust klafft ein großes, dunkelrotes Loch.

»Scheiße!«, schreit Karl-Heinz und rennt zurück zum Weg. »Rosi! Rosi! Ruf die Polizei!«

37. Kapitel

Gesa und Niklas haben ihre Schutzanzüge übergezogen und stehen fassungslos vor dem toten Jonny Jürgens, während die Kollegen von der Spurensicherung den Leichnam des erschossenen Detektivs untersuchen.

»Es tut mir sehr leid für deinen Freund«, sagt Gesa leise, »aber er war sofort tot, glaube ich.«

Niklas nickt. In seinem Kopf kreisen die Gedanken wie in einem Kettenkarussell.

Warum musstest du sterben?

Was wusstest du, Jonny?

Er tritt näher an den Toten heran und schaut Uwe Feddersen über die Schulter. Akribisch verfolgt Niklas jeden Handgriff des erfahrenen Kriminaltechnikers.

Gesa telefoniert derweil kurz mit Doktor von Isenberg.

»Ja, Niels, den restlichen Weg musst du zu Fuß durch die Dünen ... Uwe und seine Leute sind noch mit der Beweisaufnahme beschäftigt. Du musst dich also nicht hetzen«, beruhigt sie den Rechtsmediziner.

»Kollege Oberkommissar!«, sagt Uwe Feddersen plötzlich und zieht eine blaue Plastikmarke aus der Hosentasche des Toten. Er hält sie Niklas entgegen. »Schauen Sie mal! Vielleicht können Sie damit etwas anfangen.«

Niklas beugt sich zu dem Beamten hinunter. Er ist um jeden kleinen Hinweis dankbar, denn Jonny trägt weder Papiere noch sein Handy oder eine Tasche bei sich. Niklas hat den Detektiv identifizieren können, aber wo der die Tage an der Küste verbracht hat, weiß er auch nicht.

Irgendwo muss er ja gelebt haben.

Jonny hat sich ihm gegenüber mit den Informationen bedeckt gehalten, wollte unbedingt vorher mit Thea Jung reden.

Die knöpfe ich mir wieder vor, diese aalglatte Lady.

Ihre Vernehmung hat nichts gebracht.

Aber sie hat Emotionen gezeigt.

Dass ihr Mann Annika ihr vorgezogen hat, muss wie ein giftiger Stachel in der Frau sitzen.

Nachdenklich dreht Niklas den blauen Chip zwischen seinen Fingern.

Wo gehört der hin?

Seine Hand schwitzt.

Die Gummihandschuhe sind schrecklich.

Bereits nach wenigen Sekunden sind die von innen feucht, ärgert er sich. Dabei weiß er genau, dass es hautverträglichere, atmungsaktive Schutzhandschuhe gibt. Doch Hauptkommissar Zimmermann konnte ein Restkontingent des alten Modells sehr günstig einkaufen und nun müssen seine Dienststellen diese erst einmal aufbrauchen, hatte Gesa Niklas auf seine Nachfrage hin erklärt.

»Was willst du denn mit der Duschmarke?«, fragt ihn die Hauptkommissarin, die plötzlich wieder hinter Niklas steht. Sie hat das Telefonat mit Dr. von Isenberg inzwischen beendet.

Niklas dreht sich zu ihr um.

Ach ja, eine Duschmarke!

Er schimpft sich heimlich einen Dussel. »Danke, Gesa! Ich bin nicht gleich darauf gekommen.«

»Die gibt's hier auf dem Campingplatz«, ergänzt Gesa.

»Interessant. Jonny hatte die Marke in seiner Hosentasche. Bis auf ein verdrecktes Taschentuch trägt er sonst leider nichts weiter bei sich.«

»Er muss hier schon ein Weilchen liegen.«

Niklas stimmt Gesa zu: »Anhand der Totenflecken würde ich, ohne unserem Doc vorweggreifen zu wollen, sagen, dass mein alter Kumpel schon mindestens zwölf Stunden tot ist.«

Gesa überlegt. »Vielleicht wohnte er auf dem Campingplatz und ist abends oder nachts spazieren gegangen.«

»Quatsch! Ohne Handy und ohne Brieftasche? Das glaube ich nicht. Aber mit dem Campingplatz, da könntest du recht haben.«

Niklas tritt aufgeregt von einem Bein auf das andere.

Das würde zu Jonny passen.

»Der Campingplatz befindet sich nur tausend Meter von hier entfernt«, erklärt ihm die Hauptkommissarin.

»Dann laufe ich dorthin und höre mich sofort um«, schlägt Niklas ihr vor. »Wir müssen Jonnys Sachen finden, bevor uns sein Mörder zuvorkommt.«

»Es können mehrere oder eine Frau gewesen sein.«

»Wie auch immer, Gesa. Jonny wusste zu viel und das war sein Todesurteil!«

»Zisch ab, Niklas!« Gesa stupst ihm in die Seite. »Aber keine Alleingänge!«, sagt sie. »Sobald du die Unterkunft von Jonny Jürgens gefunden hast, meldest du dich, bitte. Dann schicke ich dir Uwe und seine Leute. Ich bleibe hier und warte auf unseren Doc.«

38. Kapitel

»Darf es noch eine von unseren fangfrischen Schollen sein?«, fragt Hagen Friese eine junge Frau. »Die müssen Sie in Ihrem Urlaub probieren!«, lockt er sie.

Durch seine jahrelange Erfahrung kann er die Kundschaft in Sekundenschnelle einschätzen.

Sie ist Urlauberin, kocht selbst und hat eine Ferienwohnung.

Ihr Mann steht mit den zwei kleinen Kindern am Softeisstand.

Ach, jetzt winken alle drei schon zu uns herüber.

»Ich gebe Ihnen ein Rezept meiner Mutter gratis dazu«, verspricht Hagen. »Danke schön, sehr freundlich«, antwortet die Frau in dem schlichten, hellgrünen Sommerkleid, »aber wir reisen morgen wieder ab.

Unsere zwei Wochen an der See sind leider um. Deshalb möchte ich heute nur etwas von dem geräucherten Fisch kaufen. Den nehmen wir mit nach Hause für die Nachbarn, die sich um unsere Zwergkaninchen und um die Blumen gekümmert haben. Mein Mann meint, das wäre origineller als eines der Ostseeandenken, die jeder schon daheim herumstehen hat.«

»Eine hervorragende Idee!«, lobt Hagen. »Soll ich den Aal als Geschenk verpacken?«, scherzt er und lächelt die junge Mutter fröhlich an. »Ich habe aber nur Zeitungspapier«, entschuldigt er sich.

»Nein, natürlich nicht, aber wenn Sie zusätzlich noch eine Zeitung um das Pergamentpapier wickeln, wäre das nett.«

Hagen zieht eine alte »Ostseebild« aus dem Stapel unter seinem Verkaufstresen und breitet diese auf dem Ladentisch aus.

Hoppla, das ist ja interessant!

Er legt einen Teil der Zeitung gleich wieder beiseite und wickelt der Kundin dann die zwei Aale in die restlichen Bögen ein.

Nachdem die Frau ihren Räucherfisch bezahlt und in ihren randvoll gepackten Einkaufskorb gelegt hat, verabschiedet sich Hagen von ihr: »Eine schöne Heimreise wünsche ich Ihnen!«, sagt er und vertieft sich anschließend sofort in den alten Zeitungsartikel.

Ohne Zweifel, er ist es.

»Erik!«, bittet er die neue Verkaufshilfe, die Vadder Friese zur Entlastung seines Sohnes eingestellt hat, »übernimmst du bitte für die nächste Stunde allein? So kurz nach dem Mittag ist es meistens ruhiger. Ich mach mal einen Abstecher zu meinem Kumpel Stefan.«

»Ist der nicht bei der Kripo?«

»Ja, den meine ich. Ich weiß, dass er gerade in seinem warmen Büro hockt. Ich soll ihn dort nach Feierabend zum Fußballtraining abholen. Er bekommt sein Moped erst morgen früh aus der Werkstatt zurück.«

»Alles klar, Hagen!«

»Danke, Erik! Dein erstes Bier im Anker geht heute auf mich.«

39. Kapitel

»Bist du dir sicher, Hagen?«, fragt Stefan und schaut ungläubig auf die drei Wochen alte Ausgabe der »Ostseebild«, die vor ihm auf dem Besprechungstisch liegt. »Ralf Jung war am letzten Sonntag auf dem Eckernförder Fischmarkt?«

»Ja, war er. Seine vornehme Kleidung ist mir aufgefallen. Irgendwie sah er nicht wie ein Einheimischer aus, aber auch nicht wie ein Urlauber. Ich hatte den Eindruck, er sucht jemanden.«

»Mit der Frau, von der ich dir am Dienstag ein Foto gezeigt habe, hast du ihn aber nicht zusammen gesehen?«

»Nein. Ich dachte, es wäre trotzdem wichtig. Du hast doch gesagt, dass ich dir Bescheid geben soll, wenn mir etwas einfällt.«

»Könnt ihr bitte leiser sprechen?«, meldet sich Lisa hinter ihrem Computerbildschirm. »Ich muss gleich telefonieren. Ohne Zeugen, wenn es geht. Sonst müsst ihr runter in den Befragungsraum, Stefan.«

»Ja, entschuldige, Lieschen. Hagen, ich danke dir. Das war genau richtig, dass du uns informiert hast. Du, ich habe leider keine Zeit zum Klönen. Bei uns brennt die Hütte.«

»Verstehe, wird es denn was mit dem Training heute Abend?«, fragt Hagen.

»Weiß ich ehrlich gesagt jetzt noch nicht. Ich ruf dich an.«

Stefan sieht gestresst aus, findet sein Freund.

»Was ist denn los?«, will er wissen.

»Das darf ich dir nicht sagen.«

Ein dritter Mord! Ich fasse es nicht.

Ein Detektiv wurde erschossen in den Dünen gefunden.

Ich glaube, Lux und Bähr sollten gleich am Strand übernachten.

»Gut, dann will ich nicht länger stören. Ich geh mal wieder«, verabschiedet sich Hagen, »wenn ich helfen konnte ...«, sagt er leise und trottet langsam zur Tür des Großraumbüros vor.

Ein wenig mehr Dankbarkeit hätte ich mir schon gewünscht.

»Worum ging es denn eben, Stefan?«, erkundigt sich Lisa, nachdem Hagen die Tür hinter sich geschlossen hat. Sie steht von ihrem Schreibtisch auf und geht zu ihrem Kollegen an den Besprechungstisch.

»Setzt dich doch, Lieschen!«, sagt Stefan und gießt sich einen Schluck Wasser in sein Glas ein.

»Möchtest du auch?«, fragt er Lisa.

Sie schüttelt mit dem Kopf. »Ich habe gerade. Erzähl mal, bitte!«

»Also, mein Fußballkumpel Hagen war doch mit seinem Verkaufswagen am letzten Sonntag auf dem Eckernförder Fischmarkt«, beginnt Stefan, »ich hatte ihn dazu bereits befragt. Christiane Tuchmacher hat er dort nicht gesehen, das hat er mir am Dienstag, als ich ihn mit Olivia auf dem Markt in Laboe besucht habe, versichert.«

»Komisch, dass Olivia heute nicht kommt«, unterbricht Lisa Stefan.

»Finde ich auch. Ihr Handy ist aus«, meint er nachdenklich.

»Du magst sie!« Lisa knufft ihn in den Arm.

»Blödsinn! Lass mich mal lieber weitererzählen!«, mault Stefan. »Hagen hat Ralf Jung auf dem Eckernförder Fischmarkt gesehen. Das ist ihm eben erst bewusst geworden. Er kennt den Mann ja nicht und weiß nicht, dass wir den Kerl inzwischen wegen Mordverdachts an Annika Osterburg verhaftet haben. Aber vor zwanzig Minuten hat Hagen in einer alten Zeitung ein Bild von Ralf Jung in einem Artikel entdeckt, indem es eigentlich um Thea Jung und ihre Partnervermittlungsagentur ging. Natürlich weiß Hagen, dass die Assistentin von Frau Jung ermordet wurde. Das konnten wir ja nicht geheim halten, bei so vielen Menschen, die nach dem Dating noch am Strand waren ... Da herrschte regelrechte Volksfeststimmung, haben mir Freunde berichtet.«

»Verstehe«, sagt Lisa, »ich finde, Hagen hat sehr gut mitgedacht. Mehr als wir«, gibt sie zähneknirschend zu. »Bisher hat niemand von uns eine Verbindung zwischen den Mordfällen in Erwägung gezogen.«

»Na, wir ermitteln doch erst ein paar Tage, Lieschen. Sei mal nicht so kritisch«, meint Stefan.

Dann grübelt er kurz.

»Vielleicht ist Ralf Jung ein gefährlicher Frauenkiller!«, platzt es plötzlich aus ihm heraus. »Erst Christiane Tuchmacher, dann Annika Osterburg und Olivia ist auch verschwunden.«

»Stefan!« Lisa schaut ihren Kollegen entsetzt an. »Du machst dir ja wirklich Sorgen um unsere Praktikantin.«

40. Kapitel

Ich hab's geahnt, denkt Niklas, der dabei ist, sich in dem spartanisch eingerichteten Wohnwagen des Privatdetektivs einen ersten Überblick zu verschaffen.

Natürlich liegen hier weder Jonnys Laptop noch sein Handy für uns auf dem Präsentierteller.

Das wäre auch zu schön, um wahr zu sein.

Wie abgesprochen, ruft Niklas Gesa jetzt sofort an.

»Uwe kann mit seinen Leuten rüberkommen«, sagt er. »Ich habe die Parzelle gefunden. Jonny hatte sogar einen Dauercampingplatz, wie mir der Platzwart berichtete. Wusste ich gar nicht. Er war eher ein Großstadtmensch.«

»Ich denke, du kennst ihn«, wundert sich Gesa.

»Na ja, eigentlich schon«, gibt Niklas kleinlaut zu, »aber wie das so ist, man verliert sich irgendwann aus den Augen. Es tut mir sehr leid, dass er so enden musste. Jonny war ein feiner Kerl und man konnte sich auf ihn verlassen. Früher, als verdeckter Ermittler, waren Partner wie er für mich überlebensnotwendig.«

»Dein alter Freund hätte lieber gleich mit uns zusammenarbeiten sollen, vielleicht wäre er dann noch am Leben«, erwidert Gesa.

Niklas nimmt den Detektiv in Schutz: »Jonny war eben seinen Auftraggebern gegenüber durch und durch loyal. Ich wäre genauso vorgegangen.«

»Das glaube ich dir aufs Wort!«, stöhnt Gesa. »Möchtest du dich schon einmal genauer umschauen? Uwe braucht hier vor Ort noch ein halbes Stündchen, meint er. Schutzbekleidung hast du doch mit.«

»Sogar schon an«, sagt Niklas. »Ich könnte sofort loslegen.«

»Etwas anderes habe ich von dir auch nicht erwartet. Dann viel Erfolg! Ich muss auflegen. Unser Doc streift gerade suchend durch die Dünen ... Ich kann seinen weißblonden Haarschopf leuchten sehen.« Niklas hört Gesa noch »hierher, hier sind wir!« rufen, dann endet die Verbindung zu seiner Chefin.

Nachdenklich streift er sich die Schutzhandschuhe über.

Mal sehen, was ich noch für dich tun kann, mein alter Freund.

Während Niklas die Schrankfächer durchsucht, erinnert er sich, dass Jonny bei ihrem Zusammentreffen vor der Villa Jung eine ausgefranste Leinentasche über der Schulter trug. Groß genug für einen Laptop.

Auch von dieser Tasche ist keine Spur in dem aufgeräumten Wohnwagen zu finden. Wahrscheinlich hat

Jonnys Mörder ihm die abgenommen, vermutet Niklas. Ebenso wie das Handy und die Brieftasche.

Seine Identifizierung sollte so erschwert werden.

In dem Wohnwagen war aber niemand.

Vielleicht wusste der Verbrecher gar nicht, wo Jonny an der Küste sein Quartier hatte, hofft Niklas.

Das könnte für uns von Vorteil sein.

Jonny ist ein Detektiv der alten Schule.

Der schreibt sich die meisten Sachen noch auf.

Bestimmt hat er hier irgendwo Fotos versteckt.

Niklas schiebt als Erstes das Schrankfach über einer gepolsterten, stark abgenutzten Sitzbank auf.

Ein Stapel sorgfältig beschrifteter, dunkelbrauner Papierumschläge kommt zum Vorschein.

Danke, Jonny! Ich wusste gar nicht, dass du so ordentlich bist.

Niklas holt die Umschläge heraus.

Konzentriert blättert er diese durch. Alle sind offen und mit Fotos gefüllt. Auf dem vorletzten steht »Thea« geschrieben.

Oha, der könnte interessant sein!

Er setzt sich damit an den Klapptisch und breitet die Bilder vor sich aus.

Wen haben wir denn da?

Niklas erkennt Michael Tuchmacher auf den Fotos sofort wieder. Gesa hatte den Ehemann der ermordeten Christiane Tuchmacher zwar allein befragt, aber in der Akte, die Niklas gelesen hat, befinden sich nicht nur Bilder von dessen Frau, sondern auch von ihm. Herr Tuchmacher hatte keines zur Hand, das seine Frau allein zeigte, sodass er der Kripo ein paar gemeinsame Aufnahmen zur Verfügung stellte. Aus denen hat Stefan dann einen Ausschnitt mit Christiane Tuchmacher gewählt und für die Zeugenbefragungen vervielfältigt.

Das ist ja nicht zu glauben!

Was hatte Michael Tuchmacher denn vor der Villa Jung zu suchen?

Andere Fotos des Detektivs zeigen ihn am Strand. Er scheint, als verstecke er sich in den Dünen.

Ohne Zweifel, Jonny hat den Mann regelmäßig beschattet.

Angeblich wurde Thea Jung doch von einem Unbekannten verfolgt.

Handelt es sich dabei etwa um Michael Tuchmacher?

Auch der letzte Umschlag trägt den Namen »Thea«.

Hastig öffnet Niklas ihn.

Auf den Bildern sind Annika Osterburg und Ralf Jung zu sehen, wie sie Arm in Arm in ein Hotel gehen, auf dem Golfplatz turteln oder küssend in einem Café sitzen.

So richtig versteckt haben die sich nicht.

Da hatte Jonny leichtes Spiel.

Niklas ist sich jetzt sicher, dass Thea Jung ihn angelogen hat. Sie wusste um das Verhältnis ihres Mannes mit Annika.

Damit hat sie auch ein Motiv.

Aber ihr Mann ist dringend tatverdächtig.

Die Beweise sind offensichtlich. Vielleicht zu sehr.

Doch Thea Jung hat ein wasserdichtes Alibi.

Niklas läuft es siedend heiß den Rücken herunter, als ihm plötzlich ein Gedanke durch den Kopf schießt.

Sie muss es nicht selbst getan haben.

Ein Auftragsmord?

Das wird schwer zu beweisen sein, denn der Hauptverdächtige sitzt in der U-Haft und heißt Ralf Jung.

Irgendwie habe ich einen Knoten im Kopf.

Niklas wendet sich wieder den Fotos mit Michael Tuchmacher zu.

Den müssen wir uns schnellstmöglich vorknöpfen, oder lieber planvoll, korrigiert sich Niklas selbst.

Denn was wäre, wenn die Verbrechen an den beiden jungen Frauen etwas miteinander zu tun haben?

Diese Möglichkeit hat bisher niemand von uns in Betracht gezogen, ärgert er sich.

Es gab aber auch null Anhaltspunkte.

Oder haben wir etwas übersehen?

Niklas stützt die Ellenbogen auf dem wackligen Campingtisch auf und legt erschöpft seinen Kopf in die Hände. Wir haben erst frühen Nachmittag, aber schon wieder ist so viel passiert, dass es für einen Monat reicht, denkt er.

Das wird ein langer Freitag heute.

Ach, Jonny, hättest du nur mit uns zusammengearbeitet.

Nun müssen wir auch noch ermitteln, wer dich auf dem Gewissen hat.

Wir werden es herausbekommen, das schwöre ich dir.

Samstag

41. Kapitel

»Verdammte Schiete!« Fluchend setzt sich Gesa zu den anderen an den Besprechungstisch. Sie beginnt die außerordentliche Teamsitzung, ohne lange herumzureden. »Olivia ist tatsächlich verschwunden«, verkündet sie aufgeregt. »Zimmermann hat mich noch gestern Abend auf meinem Handy angerufen.«

»Das tut er doch nur an Ihrem Geburtstag, Chefin«, meint Stefan erschrocken.

»Genauso ist es!«, erwidert die einundfünfzigjährige Hauptkommissarin. »Zimmermann macht sich große Sorgen. Seine Nichte ist bisher nicht in ihrer Studenten-WG aufgetaucht und bei der Familie hat sie sich auch nicht gemeldet. Das wäre ungewöhnlich für die zuverlässige junge Frau. «

»Die Fahndung hat Zimmermann bestimmt schon selbst veranlasst«, vermutet Niklas.

Er ist von der Nachricht geschockt.

Wir haben zwei weibliche Opfer, eine davon in Olivias Alter.

Auch Lisa macht ein betretenes Gesicht, während Lasse nervös auf dem Strohhalm in seiner Colaflasche herumkaut.

Wehe, du spritzt damit wieder über den Tisch, denkt sie und sieht den Polizeischüler streng an.

Zum Frühstück schon Cola, wo soll das enden?

»Ja, die Fahndung läuft«, bestätigt Gesa die Vermutung des Oberkommissars.

Dann wendet sie sich an Kriminalmeister Voß:

»Stefan, Sie haben doch als Letzter mit Olivia gesprochen, als sie Ihnen am Mittwoch sagte, dass sie am nächsten Tag nicht in die Dienststelle kommen wird. Hat sie Ihnen vielleicht auch erzählt, was sie am Mittwochnachmittag vorhatte?«

»Nein, hat sie nicht«, antwortet Stefan eine Spur zu forsch und zu schnell.

»Kollege Voß!«, ermahnt Gesa ihn. »Überlegen Sie bitte! Muss ich Sie als Kriminalmeister jetzt extra darauf hinweisen, wie wichtig jedes winzige Indiz für uns ist?« Gesa haut mit ihrer zarten Faust auf den Tisch.

Niklas hält ihre Hand fest.

»Stopp!«, bittet er. »Alle jetzt tief Luft holen! Wir sind natürlich übermüdet. Die gestrigen Ermittlungen wegen des ermordeten Detektivs Jonny haben sich ja bis in die Nacht hingezogen, trotzdem müssen wir einen kühlen Kopf bewahren. Ich bin mir sicher, dem Kollegen fällt bestimmt noch etwas ein, wenn er kurz nachdenkt.«

Stefan verzieht angesäuert die Mundwinkel. »Es könnte sein, dass Olivia zu diesem Strand-Speed-Dating gegangen ist«, sagt er leise. »Sie wollte unbedingt pünktlich weg.«

Gesa reißt die Augen auf. »Und das fällt Ihnen jetzt ein? Dort wurde schließlich am Ende eine junge Frau in Olivias Alter ermordet.«

»Ist mir bekannt«, mault Stefan. »Aber ich vermute ja nur, dass Olivia da wieder hin ist.«

Niklas wird hellhörig. »Warum wieder?«, fragt er sofort.

»Na, sie hat mir erzählt, dass sie so etwas schon

einmal in Travemünde mitgemacht hat«, redet sich Stefan heraus.

Ist zwar nicht die ganze Wahrheit.

Aber in dem Fall reicht die halbe.

»Lisa«, bittet Gesa die Kollegin, »kümmern Sie sich bitte nachher um die Teilnehmerliste von diesem Dating. Wir hatten diese bisher nicht angefordert, da Annika Osterburg erst nach der Veranstaltung zu Tode kam. War wohl nicht meine schlaueste Entscheidung«, bekennt sie selbstkritisch.

Stefan hebt zögernd die Hand: »Soviel ich weiß, werden die Kandidaten anonym behandelt. Nur wer seine Kontaktdaten austauschen möchte, gibt diese später an die Agentur.«

Doch Gesa lässt sich nicht beirren. »Egal, wir versuchen es trotzdem«, sagt sie. »Womöglich hat Olivia, wenn sie überhaupt dort war, jemanden kennengelernt, der ihr gefallen hat.«

»Glaube ich nicht«, nuschelt Stefan.

Gesa schüttelt verwundert mit dem Kopf.

Was ist nur mit unserem Stefan diese Woche los?

Auch Lisa sieht ihn nachdenklich an.

Irgendetwas ist doch zwischen den beiden gewesen.

Ich werde es noch herausbekommen.

42. Kapitel

»Das hat doch keinen Zweck, Lasse!«, schimpft Gesa. »Die Stopper-Knöpfe rasten bei dem veralteten Ding nicht mehr vernünftig ein. Halten Sie die Drehtafel bitte einfach fest«, bittet sie den Polizeischüler.

»Aber Vorsicht, dass Sie nicht mit dem Fuß an das Stativ kommen, dann kracht die ganze Chose zusammen.«

»Okay, Chefin. Ich passe auf.«

In Windeseile pinnt Hauptkommissarin Bähr nun die Fotos der Verdächtigen und Opfer ihrer inzwischen drei Mordfälle mit Magneten an das Whiteboard.

»Ich finde, wir müssen Olivia ebenfalls berücksichtigen«, meint Lisa, »möglicherweise hängt ihr Verschwinden doch mit den anderen Verbrechen zusammen. Immerhin scheint sie sich für Speed-Dating zu interessieren.«

»Ja, richtig! Olivia darf natürlich nicht fehlen. Stefan, drucken Sie bitte das Fahndungsfoto von ihr aus!«, fordert Gesa den Kriminalmeister auf, »und dann holen Sie mir den Lux aus seinem Büro. Wir wollen gleich weiterreden.«

»Ich glaube, der ist in der Küche, frischen Kaffee kochen«, meint Lisa.

»Ach ja«, Gesa schlägt sich an die Stirn, »das hatte ich vergessen.«

Ich bin einfach zu durcheinander.

Wie soll ich bei dem Chaos die Ermittlungen führen?

Das Olivia ausgerechnet jetzt weg ist!

Hoffentlich ist dem Mädel nichts passiert.

»Ich muss mal ...«, stammelt Lasse plötzlich und zieht die Nase kraus, als hätte er auf eine Zitrone gebissen, »hatschi!«, instinktiv reißt er den rechten Arm vor sein Gesicht und lässt das Board los, »... niesen, wollte ich sagen.«

Die Tafel mit den von Gesa befestigten Bildern

macht eine Einhundertachtzig-Grad-Drehung.

»Sie sollten das Board doch festhalten!«, schimpft die Hauptkommissarin.

»Verzeihung. Aber die Fotos sind alle noch dran«, entschuldigt sich Lasse erleichtert. »Ich schiebe das ganze Ding einfach andersherum«, schlägt er vor, »und dann passt es wieder.«

»Von mir aus«, willigt Gesa ein, »aber dass mir das Teil nur nicht umkippt. Die Räder stoppen manchmal urplötzlich, die müssten geölt werden.«

Sie stöhnt.

Hier läuft einfach nichts wie geschmiert.

An allen Enden Stillstand.

»Heißer Kaffee!«, ruft Niklas gut gelaunt und schwenkt die Thermoskanne vor seiner Brust.

Gesa sieht ihn neidisch an.

Wo nimmt der nur seine Coolness her?

»Alle setzen, es geht los!«, bittet sie. »So wie das Whiteboard jetzt steht, müsste es für jeden gut einsehbar sein.«

Stefan reicht Gesa schnell ein Foto von Olivia. Sie hängt es zu den anderen und befestigt die Ecken mit Magneten.

Schrecklich, Zimmermanns Nichte zwischen den Mordopfern und Verdächtigen wiederzufinden.

»Lasse, vielen Dank, Sie können Platz nehmen«, sagt Gesa und lächelt den Polizeischüler freundlich an. »Ich glaube, das geht jetzt so. Wenn wir die Tafel nicht berühren, dreht sie sich auch nicht.«

Dann überlegt sie kurz und sagt: »Die anderen bitte daran denken, falls jemand etwas anschreiben oder die Bilder neu ordnen möchte, das Board festhalten oder Lasse zu Hilfe holen.«

Gesa setzt sich an den Besprechungstisch und gießt sich erst einmal einen heißen Kaffee ein. »Ach, das tut gut. Schön stark«, lobt sie und wendet sich dann an ihr Team: »Oberkommissar Lux wird unsere bisherigen Erkenntnisse gleich als Erstes einmal zusammenfassen«, erklärt sie, »anschließend dürfen alle ergänzen oder fragen. Klaro?«

Die anderen nicken.

»Dann beginne ich mal«, sagt Niklas und schlägt das erste Blatt in seinem Skizzenblock auf.

Gesa schaut interessiert auf die wild durcheinander angeordneten Figuren, Zahlen und Wörter.

Wenn der Lux mal nicht sprechen kann, sind wir aufgeschmissen.

Kein normaler Mensch könnte sein Gekrakel entziffern.

Niklas hat die Blicke seiner Chefin registriert.

Sie gewöhnt sich schon noch daran.

»Alle drei in kurzer Zeit hintereinander geschehenen Morde scheinen miteinander zusammenzuhängen«, sagt er, »nur auf welche Art und Weise, das lässt sich zum jetzigen Zeitpunkt nicht feststellen. Die Todesarten zeigen keine Übereinstimmung. Die Urlauberin und Firmenerbin Christiane Tuchmacher wurde vergiftet, bevor sie tödlich stürzte. Die Assistentin einer Partnervermittlungsagentur, Annika Osterburg, hat man in einem Strandkorb erstochen und der Privatdetektiv Johannes Jürgens wurde in den Dünen erschossen. Bei den letzten beiden ist der Auffindeort zugleich der Tatort gewesen.«

Niklas schlägt das nächste Blatt auf.

»Der dringend tatverdächtige Immobilienmakler

Ralf Jung hat sich nach Aussage des Fischers Hagen Friese am Sonntag auch auf dem Eckernförder Fischmarkt aufgehalten. Christiane Tuchmacher muss dort das vergiftete Getränk, wahrscheinlich Kaffee, zu sich genommen haben. Deshalb stellt sich uns die Frage: Ist Ralf Jung auch für ihren Tod verantwortlich?«

Gesa hebt kurz die Hand.

»Entschuldige, Niklas, dass ich unterbreche, ich werde Ralf Jung heute in der Untersuchungshaft dazu befragen. Ich warte auf den Rückruf seines Anwalts. So, das wär's«, meint sie und lehnt sich in ihren Stuhl zurück.

Schön, wenn einer alles so präzise zusammenfasst wie der Lux.

Niklas fährt fort: »Der Ehemann der getöteten Christiane Tuchmacher hat nachweislich Thea Jung aufgelauert und ausspioniert. Das belegen die Fotoabzüge, die ich im Wohnwagen des ermordeten Detektivs gefunden habe. Jonny Jürgens und auch Ralf Jung hatten berichtet, dass Thea Jung sich bedroht fühlte, was sie wiederum mir gegenüber verneint hat. Ich werde die Frau noch heute fragen, ob sie Michael Tuchmacher kennt. Der erbt ja von seiner Frau ein Millionenvermögen und ist auch in der Geschäftsführung ihrer Firma tätig. Für den Mord an seiner Frau Christiane hat er ein Alibi. Er war krank im Hotel, dafür gibt es Zeugen.«

Niklas nimmt kurz einen Schluck aus seiner Kaffeetasse. Währenddessen steht Lisa auf und geht an das Whiteboard. Mit der linken Hand hält sie die Tafel fest und mit der rechten verrückt sie die Bilder der vier Ehepartner. Dann zeichnet sie mit einem Marker

Kreuze und Pfeile dazwischen.

Oberkommissar Lux hebt anerkennend die Brauen: »Bravo, Lisa, dieselbe Verknüpfung habe ich hier vor mir auf mein Blatt gezeichnet.«

Gesa schmunzelt.

»Nur dass deine niemand versteht«, lästert sie.

»Ich hätte es gleich erklärt«, wehrt sich Niklas. »Aber nun kann es Lisa tun«, meint er.

Lisa freut sich. »Wenn ich darf ...«

»Selbstverständlich!«, antwortet Niklas ehrlich. Neid und Missgunst liegen ihm fern. »Ich finde, wir könnten jetzt zur Diskussion übergehen. Oder, Gesa? Ich hatte ohnehin nur noch einen offenen Punkt, und den bringe ich dann am Ende der Besprechung.«

»Ja, gern, machen wir so«, sagt Gesa und sieht Niklas erwartungsvoll von der Seite an.

Hoffentlich bringt uns dein Punkt ein Stückchen weiter.

Na, das Beste kommt bekanntlich zum Schluss.

»Bevor Lisa ihre Idee darstellt und wir gleich diskutieren, möchte ich die Aufgabenverteilung loswerden«, bittet sie die anderen. »Ich fasse mich auch kurz: Oberkommissar Lux besucht als Nächstes Frau Jung, ich vernehme ihren Gatten in der U-Haft und Stefan fährt ins Hotel Ostseeglück und hört sich dort unauffällig um.«

»Soll ich den Tuchmacher beschatten?«, will Stefan wissen.

»Noch nicht. Er darf nicht aufgescheucht werden«, meint Niklas. »Erst muss ich wissen, ob Thea Jung ihn gekannt hat. Ich werde die Dame mit Jonnys Fotos konfrontieren.«

Gesa stimmt ihm zu: »Ja, du hast recht, Niklas.

Aber Stefan kann sich derweil beim Personal über den Mann erkundigen und dann begibst du dich anschließend zu ihm ins Hotel. Ihr könnt Herrn Jung später zu zweit befragen.«

Lisa steht immer noch vor dem Whiteboard und wartet.

»Entschuldigen Sie, Lisa«, sagt Hauptkommissarin Bähr, »Sie dürfen gleich loslegen. Ihre Aufgabe wird es nachher sein, die Maßnahmen von der Dienststelle aus zu überwachen und zu koordinieren. Dass wir bei unseren Ermittlungen überall nach Olivia Ausschau halten, muss ich wohl nicht extra betonen ...«

Alle im Team nicken eifrig. Nur Lasse schaut Gesa fragend an. »Und Sie unterstützen Lisa, bitte!«, sagt Gesa zu ihm.

»Jawohl, Chefin!«

»So, nun hat Lisa endlich das Wort.«

Und ich darf zuhören.

43. Kapitel

Vorsichtig balanciert Oberkommissar Lux sein Rennrad zwischen den Lavendeltöpfen auf dem Granitsteinweg von Thea Jungs Villa. Sie hatte ihm am Telefon gesagt, er dürfe sein Fahrrad hinter dem Haus abstellen. Dort wäre es sicher.

Ha, ha! Wurde hier nicht gerade eingebrochen?

Ich schließe es auf jeden Fall an.

Nachdem Niklas sein geliebtes Rad mit drei Schlössern gesichert hat, schaut er sich in dem Garten hinter der Villa um.

Alles scheint unverändert, seit wir Ralf Jung hier verhaftet haben.

Sogar der volle Aschenbecher steht noch auf dem Terrassentisch, wundert er sich. Frau Jung raucht ja nicht, soviel er mitbekommen hat.

Ich bin gespannt, was sie gleich zu den Fotos sagen wird.

Welche Verbindung könnte es zwischen ihr und Michael Tuchmacher geben?

Ist er ihr verflossener Liebhaber?

Oder ein rachsüchtiger Ehemann nach einem Treuetest?

Passt alles nicht.

Also führt die Spur doch ins Darknet.

Wonach hatte Jonny dort gesucht?

Seit Niklas herausgefunden hat, was es mit den Telefonnummern, die Jonny Jürgens im Wohnwagen an seinen Kühlschrank gepinnt hatte, auf sich hat, scheint sich eine komplett neue Richtung für die Ermittlungen abzuzeichnen.

Gesa und die anderen aus dem Team waren sichtlich überrascht, als Niklas ihnen zum Ende der Teamsitzung berichtete, dass sein alter Freund Jonny im Darknet recherchiert hat. Die Nummern waren Niklas in der Zahlenanordnung bekannt vorgekommen. Sie werden von den Informanten jeweils nur einmal vergeben, erklärte er den anderen. Danach sind sie wertlos, deshalb hat Jonny sie am Kühlschrank hängen lassen. Der Detektiv muss im Darknet etwas erfahren haben, was ihn das Leben gekostet hat.

Vielleicht sind die geschäftstüchtigen Eheleute Jung in die organisierte Kriminalität verwickelt?

Muss aber nicht sein.

Auch Privatpersonen könnten sich im Darknet wie

in einem riesigen Kaufhaus bedienen und Verbrechen aller Art buchen, weiß Niklas. Nur wie diese neue Spur zu den ermordeten Frauen passt, das hat weder er noch jemand anderes aus dem Team schlüssig herleiten können. Nach einer hitzigen Diskussion hat Gesa die Sitzung dann abgebrochen. Sie musste dringend nach Kiel, um Ralf Jung zu vernehmen, und für Niklas und Stefan wurde es ebenfalls Zeit, sich auf den Weg zu ihren Befragungen zu begeben.

Niklas schaut auf die Zeitanzeige seines Handys.

Stefan müsste im Hotel Ostseeglück angekommen sein.

Das Luxushotel liegt ja ganz in der Nähe, und mit dem Moped ist er in etwa gleich schnell wie ich mit dem Rennrad, glaubt Niklas und grinst in sich hinein.

Stefan sieht das natürlich anders.

Behauptet, er sei viel schneller.

Plötzlich öffnet Thea Jung die Terrassentür.

»Hallo, Herr Kommissar! Möchten Sie dieses Mal über die Terrasse ins Haus kommen oder bewachen Sie Ihr Rennrad? Schickes Teil übrigens.«

»Nein, nein! Entschuldigen Sie, selbstverständlich komme ich durch die Haustür zu Ihnen. Ich war gerade in Gedanken«, sagt er.

»Doch nicht etwa meinetwegen«, antwortet Thea und sieht ihn mit einem spöttischen Lächeln an. »Nun kommen Sie schon rein!«

»Danke schön«, sagt Niklas höflich und folgt ihr in ihre Villa.

Der Dame wird das Grinsen noch vergehen.

Irgendwann muss sie die Wahrheit sagen.

Jonny hat sich das Ganze doch nicht ausgedacht.

Ach, Jonny, warum werde ich das Gefühl nicht los, dass

diese Frau etwas mit deinem Tod zu tun hat?

44. Kapitel

An der Rezeption des Hotels Ostseeglück muss sich Stefan gar nicht erst lange vorstellen.

»Kriminalmeister Voß!«, begrüßt ihn Frau Wiese freudestrahlend. »Wie schön, Sie wiederzusehen! Möchten Sie denn dieses Mal ein Zimmer bei uns buchen?«

Die Frau hat ein phänomenales Personengedächtnis, denkt Stefan.

Dabei ist es fast genau ein Jahr her, dass er in dem Hotel wegen eines anderen Falls recherchiert hatte.

Frau Wiese hat mir damals, ohne es zu wissen, das Leben gerettet.

Er dreht sich kurz um und schaut zu den blau-weiß lackierten Leuchttürmen auf den Tischen im Foyer.

Mit genau so einem Dekoartikel.

»Moin, Frau Wiese, nicht so laut«, bittet er, »ich bin leider dienstlich hier und möchte mich ein wenig umhören.«

Die sechsundfünfzigjährige Frau Wiese beugt sich zu Stefan über den Empfangstresen und flüstert: »Verstehe. Neuerdings wimmelt es ja bei uns an der Küste von Verbrechern. Ganz in der Nähe ist am Mittwoch eine junge Frau am Strand erstochen worden und letzten Sonntag verunglückte die junge Gattin eines Gastes auf dem Ausflugsdampfer zum Eckernförder Fischmarkt.«

Dass es Mord war, ist zum Glück bisher nicht

durchgesickert, denkt Stefan erleichtert.

In unserem Team halten eben alle dicht.

»Ja, Frau Wiese«, bestätigt er ihr, »über mangelnde Arbeit können wir bei der Kripo nicht klagen. Deshalb muss ich sogar am Samstag ran, obwohl ich ein wichtiges Fußballspiel gehabt hätte.«

Brigitte Wiese sieht ihn mitfühlend an.

Plötzlich kommt ein Zimmermädchen aus der Tür vom Personalraum neben der Rezeption.

»Brigitte!«, ruft die junge Frau. »Hast du eine Minute Zeit für mich? Oh, entschuldige, ich sehe, du hast einen Gast.«

»Nein. Komm ruhig her, Silke! Das ist nur Herr Voß, ein Vertreter für ... Pflegeartikel« sagt Frau Wiese schnell.

Stefan muss grinsen.

Wofür?

Sehe ich so aus?

Aber schlagfertig ist sie, die Frau Wiese.

Das Zimmermädchen hält der Rezeptionistin jetzt einen nagelneuen, rot karierten Rucksack unter die Nase.

»Schau mal, Brigitte! Was die Leute alles wegwerfen. Den hat der Gast aus unserer Premiumsuite in den Mülleimer gestopft. Du weißt schon, der, dem die Frau verstorben ist und der deshalb andauernd die Minibar leertrinkt. Er wird morgen abreisen und scheint heute auszumisten.«

Frau Wiese nimmt den Rucksack in ihre Hände und begutachtet ihn sorgfältig.

Stefans Puls schnellt beim Anblick des Rucksacks in die Höhe. Er hat Mühe, sich nichts anmerken zu lassen. Aufmerksam verfolgt er das Gespräch zwischen den beiden Frauen weiter.

»Ein Allerweltsmodell«, stellt Frau Wiese mit Kennerblick fest, »das Ehepaar Tuchmacher war letzte Woche mit sehr hochwertigen Koffern und Taschen eingecheckt. Dabei handelte es sich ausnahmslos um Luxusmarken.«

»Deshalb hat der Mann den Rucksack entsorgt«, schlussfolgert Silke. »Meinst du, ich kann den behalten, Brigitte?«, fragt sie Frau Wiese. »Nicht dass es nachher heißt, ich hätte ihn gestohlen.«

Brigitte Wiese überlegt.

»Der lag wirklich eng zusammengefaltet im Mülleimer«, versichert Silke ihr. »Im Vorflur der Suite steht ja ein größerer Eimer. In die normalen Badezimmereimer hätte der Rucksack gar nicht hineingepasst.«

»Ich denke schon, dass …«, beginnt Frau Wiese, doch dann unterbricht Stefan sie: »Den Rucksack können Sie leider nicht behalten. Den muss ich vorerst an mich nehmen«, erklärt er.

»Darf der das?«, ereifert sich Silke.

Frau Wiese druckst etwas herum. Sie weiß nicht, was sie sagen soll.

Hilfesuchend schaut sie zu dem Kriminalmeister.

»Ich benötige ihn für meine Probepackungen, die liegen alle lose im Auto«, schwindelt Stefan. »Später gebe ich ihn zurück.«

Frau Wiese nickt eifrig. »Gib dem Ko… äh Vertreter bitte den Rucksack«, fordert sie Silke auf.

»Hätten Sie vielleicht noch eine Mülltüte für mich?«, fragt Stefan.

»Für die anderen Probepackungen?«, will Silke wissen.

»Ja.«

Frau Wiese schüttelt unauffällig den Kopf.

Worauf habe ich mich hier nur eingelassen.

»Dann hol mal eine aus der Kammer im Personalraum, Silke, und falte die Tüte bitte gleich auseinander.«

Nachdem Silke ihr die Tüte gegeben hat, verabschiedet sich das Zimmermädchen sofort wieder von Stefan und Frau Wiese. »Ich habe noch eine ganze Etage vor mir«, jammert sie.

Frau Wiese steckt den Rucksack in den Müllbeutel und hält ihn Stefan vor die Nase. »So, Herr Kommissar! Wohin mit dem guten Stück?«

»Ich hole ihn später ab. Bewahren Sie ihn bitte so lange in Ihrem Schrank auf, Frau Wiese. Ich bin mit dem Moped hier und kann jetzt schlecht mit der Tüte durchs Haus laufen. Wie gesagt, ich möchte mich hier unauffällig umsehen und umhören.«

»Das klingt spannend. Muss ich mir Sorgen machen?«

»Ich denke nicht, aber es kann nicht schaden, wenn Sie Ihre Augen und Ohren für mich offen halten.«

»Der Herr Tuchmacher hat vor dreißig Minuten unser Hotel verlassen. Also nur, falls Sie zu ihm wollen. Eine Kommissarin war auch schon bei ihm. Ich denke, der Tod seiner Frau war ein Unfall?«

Stefan ignoriert die Bemerkung.

Ich muss in das Zimmer von Michael Tuchmacher.

Der Rucksack sieht genauso aus, wie Olivia ihn beschrieben hat.

Tuchmacher muss es gewesen sein, der sie niedergeschlagen und ihr den Rucksack entrissen hat.

Oder jemand, der mit ihm gemeinsame Sache macht.

Der Mann hat Dreck am Stecken.

Außerdem hat er Thea Jung beobachtet.

Wie hängt das bloß alles zusammen?

»Herr Voß!« Frau Wiese reißt Stefan aus seinen Gedanken. »Sie glauben aber nicht, dass ich Ihnen jetzt die Schlüsselkarte zu unserer Premiumsuite aushändige?«

»Nicht?«

Stefan sieht Frau Wiese mit seinen großen braunen Augen bittend an.

Das hat doch schon einmal funktioniert.

»Nein!«, erklärt die erfahrene Rezeptionistin entschlossen. »Da müssen Sie gar nicht so gucken! Ohne Durchsuchungsbeschluss oder Gefahr im Verzug darf ich Sie nicht in die Zimmer hineinlassen, wenn die Gäste außer Haus sind. Die Geschäftsführung entlässt mich fristlos, sobald das herauskommt. Ein Haus wie unseres hat einen Ruf zu verteidigen, und der heißt absolute Diskretion.«

Stefan nickt verständnisvoll.

Ja, ja. Dass ich nicht lache.

Dass der Tuchmacher die Minibar leertrinkt, erzählen sie in Laboe schon beim Bäcker.

»Frau Wiese, aber Sie dürften doch die Zimmer betreten, oder?«, fragt er scheinheilig.

Die Rezeptionsdame schüttelt den Kopf: »Das ist ein Irrglaube, lieber Herr Voß. Nur die Zimmermädchen, Zimmerkellner oder unser technischer Dienst haben bei Bedarf dafür die Erlaubnis. Wenn der Gast es wünscht, falls etwas kaputt ist, zum Beispiel.«

»Ach so«, Stefan sieht Frau Wiese plötzlich streng an. »Ich glaube, aus der Premiumsuite gab es eine Beschwerde, dass die Glühlampe an der Spiegelbeleuchtung im Bad kaputt ist. Ich denke, die sollten Sie schleunigst austauschen, bevor der Gast zurückkehrt.«

»Na, wenn Sie meinen«, Frau Wiese zwinkert Stefan zu, »dann schicke ich den Haustechniker sofort dorthin.«

Sie greift zum Telefon auf dem Empfangstresen.

»Hier ist Brigitte Wiese, Rezeption! In der Premiumsuite im 3. OG muss eine Lampe über dem Badspiegel gewechselt werden. Ja, jetzt gleich, bitte. Der Gast ist gerade unterwegs. Danke schön.«

Frau Wiese legt auf.

»Herr Voß«, sagt sie und schaut ins Foyer. Doch Stefan ist schon die Treppen ins 3. OG hinaufgeeilt.

Brigitte Wiese zupft sich ihre streng toupierten Haare zurecht und setzt sich erschöpft auf einen Stuhl.

Wenn das mal alles gut geht.

45. Kapitel

Genau darauf hatte Kriminalmeister Voß spekuliert.

Man muss auch mal Glück haben.

Während der Haustechniker nachschaute, welche Glühlampe benötigt wird, hatte er die Tür zu der Suite von Michael Tuchmacher einen kurzen Moment offen stehen lassen. Er wollte den sperrigen Rollwagen, auf dem seine Werkzeuge und diverses Verbrauchsmaterial gestapelt sind, nicht mit hineinnehmen und parkte diesen quer vor der Tür.

Das war der Moment, in dem Stefan unbemerkt in die Suite hineinhuschte und sich im Wohnsalon hinter der Couchlandschaft versteckte.

Inzwischen ist die Luft wieder rein. Der enttäuschte Handwerker war unverrichteter Dinge abgezogen, denn die Badbeleuchtung ist ja in Ordnung.

Stefan sieht sich jetzt in der Suite um.

Im Schlafzimmer liegen zwei fertig gepackte Koffer auf dem Bett. Auch sonst ist es aufgeräumt und sauber.

Das Zimmermädchen hatte gerade erst für Ordnung gesorgt.

Stefan bekommt plötzlich Gewissensbisse.

Was tue ich hier?

Die Bähr hasst Alleingänge.

Ich sollte mich nur umhören und auf den Oberkommissar warten.

Aber vielleicht hat der Tuchmacher Olivia in seine Suite verschleppt, rechtfertigt Stefan seine Vorgehensweise.

Quatsch, das Personal hätte sie bestimmt entdeckt.

Oder?

In die Schränke dürfen die zum Beispiel nicht hineinsehen.

Stefan klopft das Herz bis zum Hals.

Er zieht sich Handschuhe an und beginnt die Räume sorgfältig zu durchsuchen.

Gerade als er den deckenhohen Kleiderschrank im Schlafzimmer öffnet, vernimmt er plötzlich gedämpfte Schritte aus dem Vorflur.

Beinahe hätte er diese überhört.

Die Flokati-Teppiche, die hier überall herumliegen, federn alles ab.

Der Tuchmacher ist zurückgekehrt.

Verdammter Mist!

Stefan klettert flink in den Schrank und schließt die Tür von innen.

Sein Versteck ist zwar ausreichend hoch und breit, aber nicht besonders tief. Nur mit Mühe findet er unter der Kleiderstange eine halbwegs annehmbare Position.

Lange halte ich das nicht aus.

Zum Glück hat der Tuchmacher seine Sachen bereits in den Koffer gepackt.

Dann besteht wenig Gefahr, dass er den Schrank öffnet.

Luft zum Atmen hat er zum Glück ausreichend, stellt Stefan erleichtert fest. Die modernen Schränke haben fast unsichtbare Belüftungsgitter integriert, die ihm sogar einen verschwommenen Blick in das Zimmer ermöglichen.

Michael Tuchmacher hebt einen der Koffer vom Bett herunter und stellt ihn auf den Fußboden. Dann wirft er sich ächzend auf das riesige Boxspringbett und bleibt erst einmal auf dem Rücken liegen. Er starrt die Decke an. Kurz darauf holt er sich einen Flachmann mit Whisky aus dem Nachtschrank. Seine Finger zittern. Er trinkt den Schnaps in einem Zug und setzt erst ab, als die Flasche leer ist.

Verärgert wirft er sie auf den Teppichboden.

Dann rülpst er laut.

Stefan verfolgt das Geschehen aus seinem Versteck im Schrank.

Michael Tuchmacher dreht sich auf die Seite.

Was hat er vor?

Hoffentlich macht der jetzt keinen Mittagsschlaf.

Doch er zieht nur sein Handy aus der Hosentasche.

Ah, er telefoniert!

Stefan spitzt die Ohren.

»Hallo«, spricht Michael Tuchmacher mit kratziger Stimme. »Bitte legen Sie nicht gleich wieder auf. Es ist dringend.«

»Sind Sie vollkommen verrückt geworden, mich auf dieser Nummer anzurufen! Warum nehmen Sie nicht die von dem Prepaid-Handy?«

Stefan drückt sein linkes Ohr so dicht wie möglich an den Lüftungsschlitz der Schranktür, aber er versteht von dem Telefonat trotzdem immer nur das, was Michael Tuchmacher sagt. Die andere Stimme bleibt im Verborgenen.

»Das Prepaid-Handy ist mir aus Versehen in die Toilette gefallen. Sorry«, entschuldigt sich Michael.

»Sie saufen einfach zu viel.«

»Das ist meine Sache und geht Sie gar nichts an. Außerdem lasse ich mich von Ihnen nicht mehr länger an der Nase herumführen!«, schimpft er. »Ich will endlich das restliche Geld! Mein Auftrag ist erledigt.«

»Sie haben etwas vergessen – Ihre kleine Zeugin. Was ist denn mit der? Wie weit sind Sie vorangekommen?«

Stefan bekommt in dem Schrank schweißnasse Hände. Trotz der sich stauenden Wärme läuft es ihm gerade eiskalt den Rücken runter.

»Was soll mit der sein?«, weicht Michael aus. »Ich

habe sie gefunden und ruhiggestellt. So wie ich die zugedröhnt habe, erinnert sie sich später an gar nichts mehr.«

»Sie haben zu ihr gesprochen, als Sie ihr den Rucksack entrissen haben, Sie Trottel! Schon vergessen?«

»Na, und! Morgen reise ich ab, die sehe ich nie wieder. Aber vorher will ich mein Geld von Ihnen.«

»Wo haben Sie die Frau versteckt?«

»Auf dem Segelboot eines Freundes. Er hatte es mir für den Urlaub mit Christiane überlassen. Morgen früh bringe ich es ihm zurück.«

»Und die Zeugin?«

»Werfe ich über Bord!« Michael lacht hämisch.

»Mhm.«

»Nein«, widerspricht er, »das hätten Sie wohl gern, aber ich kann das nicht noch einmal. Seit Mittwochabend schlafe ich nicht mehr. Das viele Blut ... Ich bekomme die schrecklichen Bilder nicht aus meinem Kopf.«

»Alles hat seinen Preis, mein Lieber. Sie haben den Deal selbst so gewollt.«

»Ich weiß. Aber deshalb bestehe ich jetzt auf der Restzahlung! Sonst ...«

»Sonst, was? Bringen Sie mich auch um? Das haben Sie doch vorher schon nicht geschafft, Sie Schwächling!«

Michael schluchzt. »Wann bekomme ich endlich mein Geld?«, bettelt er mit weinerlicher Stimme.

»Erst wenn die Kleine sicher schweigt.«

»Das kann ich nicht«, heult er.

»Dann sagen Sie mir, wo das Boot liegt! Im Jachthafen von Laboe?«

»Nein, ungefähr fünf Kilometer weiter westlich«, Michael beschreibt das Segelboot und den Liegeplatz in der Marina Wendtorf.

Stefan sitzt währenddessen starr vor Entsetzen in seinem Versteck. Er konzentriert sich wie nie zuvor in seinem Leben, will sich unbedingt alles genau merken.

Ich darf es jetzt nicht vermasseln.

»Was haben Sie vor?«, fragt Michael, nachdem er Olivias Versteck preisgegeben hat, »und wann erhalte ich mein Geld?«

»Das werden Sie schon sehen. Kommen Sie einfach in, sagen wir mal, einer Stunde zum Boot Ihres Freundes.«

»Okay«, antwortet er erleichtert, »das mache ich, in einer Stunde am Boot. Wenn ich mein Geld dann nicht bekomme, stelle ich mich der Polizei.«

Ein hysterisches Lachen erklingt an Michaels Ohr. »Das wagen Sie nicht! Versuchen Sie ja nicht, mir zu drohen, falls Sie selbst am Leben bleiben wollen. Ich habe nichts mehr zu verlieren.«

»Tschuldigung, war doch nicht so gemeint«, sagt Michael schnell.

»Dann ist ja gut. Bis später.«

»Hallo?«, ruft er.

Aufgelegt.

Erschöpft dreht sich Michael Tuchmacher mit dem Gesicht in eines der Kissen auf dem riesigen Bett und bleibt reglos liegen.

Ich bin so ein Versager.

Die ganze Sache ist schiefgelaufen.

46. Kapitel

Stefan überlegt fieberhaft, wie er jetzt am besten vorgehen soll. Das Atmen und Denken fällt ihm immer schwerer. Die Luft in dem Kleiderschrank ist inzwischen dünner geworden.

Ich muss hier raus.

Wann verschwindet der Tuchmacher endlich?

Michael liegt immer noch regungslos auf dem Bett.

Wahrscheinlich flennt er, dieser widerliche Verbrecher!

Kriminalmeister Voß versucht, trotz der Enge mit dem Handy eine Nachricht an seinen Kollegen Lux zu schreiben. Es ist riskant.

Eine falsche Bewegung, und die Schranktür springt auf.

Nachdem er seine Handschuhe ausgezogen hat, gelingt es ihm, ein paar abgehackte Informationen zu senden.

»Olivia auf Segelboot in Marina Wendtorf gefangen. Weißes Boot, Name Clarissa, Steg 2. Beeilen, Lebensgefahr.«

Hoffentlich kann sich der Lux einen Reim darauf machen, denkt Stefan. Ihm sind die Füße eingeschlafen und er dreht sich ein paar Zentimeter in seinem schmalen Gefängnis.

Plötzlich ist es passiert.

Scheiße!

Er hatte zu viel Druck mit dem Ellenbogen ausgeübt. Die Tür ist aufgegangen.

Michael Tuchmacher liegt zum Glück immer noch auf dem Bett und bekommt nichts mit. Sein Gesicht hat er vor Verzweiflung tief in einem Daunenkissen vergraben.

Stefan lehnt sich schnell aus dem Schrank und will

die Tür gerade wieder von innen verschließen, da setzt sich Michael auf einmal aufrecht hin.

Was soll's, ich brauche das Geld und muss jetzt los.

Die Typen fackeln nicht lange.

Spielschulden bezahlen oder du bist tot, hieß es.

Als Michael vom Bett aufsteht, sieht er aus den Augenwinkeln Stefans Finger, die einen der Türflügel des Schranks umklammern, um ihn wieder zuzuziehen.

Träum ich?

Michael schüttelt sich kurz.

Zu viel Alkohol.

Ich muss endlich damit aufhören.

Doch als sich die Tür immer noch bewegt, schaut er nach.

»Wer sind Sie?«, fragt er erschrocken und baut sich sofort in voller Größe vor dem offenen Schrank auf. Stefan kauert dort wie ein Rollmops in der Dose. »Was suchen Sie in meinem Kleiderschrank?«, will Michael wissen.

»Ich bin Kriminalmeister Voß«, ächzt Stefan, »geben Sie auf, Herr Tuchmacher! Sie sind vorläufig festgenommen wegen des Verdachts der Entführung und Freiheitsberaubung von Olivia Rudolf und des Mordes an Annika Osterburg.«

»Soll das ein Witz sein?«

Michael grinst verächtlich, als er auf den verschwitzten Kriminalmeister schaut, der mit dem Kopf unter der Kleiderstange festklemmt. Stefan war zu schnell wieder in den Schrank zurückgesprungen und hatte sich komplett verdreht.

Mein Rücken.

So ein Mist.

Mit letzter Kraft klettert er aus dem Schrank, aber Michael wirft sich sofort auf ihn und versucht, ihn zu würgen. Gegen den körperlich überlegenen Angreifer ist Stefan in seiner prekären Lage vollkommen machtlos.

»Das hat doch keinen Zweck, Herr Tuchmacher!«, röchelt er. Dann wird ihm schwarz vor den Augen.

47. Kapitel

»Auf Wiedersehen und gute Heimreise, Herr Tuchmacher!«, verabschiedet sich Frau Wiese von Michael, während sie die ausgedruckte Abrechnung für die von ihm bewohnte Premiumsuite diskret zusammenfaltet.

Seine Summe für die Minibar schlägt alle Rekorde.

»Bitte schön!«, sie reicht ihm das Papier über den Rezeptionstresen, »wir belasten das von Ihnen angegebene Kreditkartenkonto, wenn es recht ist.«

»Mhm.« Michael lässt die Rechnung ungesehen in die Innentasche seines Jacketts gleiten.

Die will ich gar nicht lesen.

Sonst schwitze ich gleich noch mehr.

Wahnsinn mit dem Anzug bei der Hitze, aber so wirke ich seriöser.

Er hatte sich eben schnell geduscht, frisch rasiert und extra ein Business-Outfit gewählt, um wegen seiner verfrühten Abreise glaubwürdiger zu erscheinen.

Niemand soll auf die Idee kommen, dass ich flüchte.

»Ich finde es sehr bedauerlich, dass Ihr Urlaub so einen tragischen Verlauf genommen hat«, sagt Frau Wiese und sieht Michael traurig an, »darf ich fragen, warum Sie schon abreisen wollen? Wir haben im System den morgigen Sonntag vermerkt.«

»Das ist richtig, aber ich habe einen dringenden geschäftlichen Termin, den ich heute noch wahrnehmen muss.«

»Am Samstag?«

Mann, ist die Alte neugierig.

»Frau Wiese! Sie arbeiten doch auch am Samstag«, kontert Michael.

Die Rezeptionistin lächelt. »Da haben Sie natürlich recht.«

Angezogen ist er ja entsprechend.

Brigitte Wiese bleibt trotzdem misstrauisch. Nachdem Michael Tuchmacher das Hotel Ostseeglück verlassen hat, sucht sie die Handynummer von Kriminalmeister Voß in ihrem Adressbuch heraus. Sie hatte sich diese im letzten Jahr aufgeschrieben.

Der Herr Voß ist manchmal ein wenig waghalsig, erinnert sie sich.

Wo bleibt er denn nur?

Sie ruft ihn jetzt auf seinem Handy an.

Fragen kostet ja nichts.

Doch der Anschluss ist komplett tot.

Kein Rufzeichen?

Frau Wiese ist in Sorge. Sie glaubt, dass der junge Kriminalmeister in die Premiumsuite wollte.

Wie ich ihn kenne, hat er die Gelegenheit mit dem Haustechniker bestimmt genutzt.

Aber Herr Tuchmacher war zehn Minuten später ins Hotel zurückgekehrt.

Ob seine überstürzte Abreise mit dem netten Herrn Voß zu tun hat?

Sind sich die beiden etwa begegnet?
Oje, ich bekomme so einen Ärger.
Was mach ich bloß? Ich darf doch hier nicht weg.

»Silke«, ruft Frau Wiese erleichtert, als sie das Zimmermädchen durch das Foyer eilen sieht. »Warte bitte!«

»Was ist denn, Brigitte? Ich habe noch drei Zimmer zu reinigen und gerade hat das System angezeigt, dass die Premiumsuite freigezogen wurde, und nun habe ich die zusätzlich auf dem Zettel.« Sie stöhnt laut. »Nicht einmal am Samstag komme ich pünktlich nach Hause.«

»Silke, das tut mir leid. Aber kannst du bitte die Suite als Erstes übernehmen. Ich habe dafür täglich Buchungsanfragen, dann könnte ich sie morgen Vormittag wieder vergeben.«

»Na gut«, willigt Silke ein. »Ich war ja heute Morgen schon dort, so viel Dreck kann inzwischen nicht dazugekommen sein.«

»Sehr schön, Silke. Vielen Dank.«

Frau Wiese tupft sich die Schweißperlen von der Stirn.

Ein paar Minuten später klingelt ihr Telefon.

Ein Anruf aus der Premiumsuite.

»Brigitte, ruf einen Rettungswagen und die Polizei! Aber schnell!«, schreit Silke. »Der Pflegemittel-Vertreter liegt in der Whirlwanne. Ich weiß nicht, ob er noch lebt.«

»Oh mein Gott!« Frau Wiese drückt sofort die entsprechenden Alarmknöpfe für die Polizei und den medizinischen Notruf.

»Warte, ich bin gleich bei dir«, sagt sie zu Silke.

Zum Glück habe ich meinen Erste-Hilfe-Kurs erst vor zwei Wochen aufgefrischt.

48. Kapitel

Gleich hinter der Promenade, wie an einer Perlenkette aufgereiht, befinden sich die Liegeplätze der Marina Wendtorf. Durch ihren direkten Zugang zur Ostsee ist die Anlage bei den Bootseigentümern beliebt und in der Saison fast vollständig ausgebucht. Die meisten sind bei dem herrlichen Sommerwetter aufs Meer hinausgesegelt. Nur wenige dösen in ihren Liegestühlen an Deck in der Sonne.

Niemand nimmt Notiz von der schlanken Person im grauen Jogginganzug, die ruhig, aber zügig über die Anlage läuft. Die Baseballkappe tief ins Gesicht gezogen, steuert sie zielgerichtet auf einen der grün markierten Kurzzeit-Liegeplätze am zweiten Steg zu. Dort schaukelt die »Clarissa«, das weiße Kajütsegelboot von Michael Tuchmachers Freund Peer, anmutig in der Nachmittagssonne.

Die Person klettert auf das Boot und rüttelt an der Tür zur Kajüte. Diese ist verschlossen, aber nicht besonders gesichert.

Wie gut, dass ich einen Schraubenzieher dabeihabe.

So ein Boot ist doch keine Festung.

Hoffentlich hat der Tuchmacher die Wahrheit gesagt und die Frau ist an Bord.

Olivia ist von dem Krach, den das Aufbrechen der

Tür verursacht hat, aus ihrem Dämmerschlaf aufgewacht.

Sie sieht, wie eine verschwommene Figur die Treppe zur Kajüte hinuntergeht und sich anschließend sofort in der kleinen Küchenzeile zu schaffen macht.

Was tut er da?

Nein, er ist es gar nicht.

Diese Person ist kleiner und dünner.

Plötzlich sieht Olivia eine Spritze in der Hand des unbekannten Eindringlings aufblitzen. Über dem Kopf trägt er jetzt eine Sturmhaube.

Olivia hat Todesangst. Ihre Sinne sind trotz der Beruhigungsmittel, die Michael ihr verabreicht hat, auf das Äußerste geschärft. Gerade nimmt sie alles sehr klar wahr.

Das ist kein Mann! Es ist eine Frau, denkt sie. So wie sie sich bewegt.

Was will sie von mir?

Wozu ist die Spritze?, möchte Olivia die maskierte Frau anschreien, aber ihr Mund ist mit Paketband verklebt. Mit letzter Kraft bäumt sie sich auf und rüttelt an ihren Fesseln.

Die Frau mit der Spritze beobachtet sie.

Ich bin gleich fertig.

Von wegen, die bekommt nichts mehr mit.

So wie die mich angesehen hat.

Der Tuchmacher ist so ein Idiot.

Das Mädel ist eine Gefahr für uns.

Sie tippt zweimal mit dem Finger an die Spritze und lässt ein wenig Flüssigkeit herauslaufen, dann geht sie ein paar Schritte vor zu der Koje, auf der Olivia gefesselt liegt.

Olivias Augen flehen sie an.

Bitte tun Sie mir nichts!

Plötzlich poltert es oben an Deck. Männerstimmen sind zu hören.

Die Tür zur Kajüte wird aufgestoßen.

Oberkommissar Lux und ein Schutzpolizist stürmen hinein. Zwei weitere Kollegen sichern den Ausgang.

»Hände hoch!«, ruft Niklas mit gezückter Waffe. »Weg von dem Mädchen und Spritze fallen lassen!«

Die Frau tut, was er sagt.

»Und jetzt die Maske abnehmen, und zwar mit einer Hand! Die andere oben lassen.«

»Gut so, Frau Jung! Sofort beide Hände nach vorn, damit der Kollege Ihnen die Handschellen anlegen kann.«

Thea gehorcht widerstandslos.

»Lassen Sie mich vorbei!«, ruft ein Mann oben an Deck. »Ich bin der Notarzt.«

»Hierher!«, antwortet Niklas und dreht sich zu Olivia um. Tränen der Freude laufen über das von Hunger und Durst ausgezehrte Gesicht der jungen Frau. »Alles wird gut, Olivia«, tröstet Niklas sie, »das Klebeband wird Ihnen der Doktor gleich ablösen.«

»Dann müssen Sie mich aber mal zu der Patientin durchlassen«, schimpft der Arzt, der hinter Niklas steht. »Das ist ja ein richtiger Massenauflauf in der kleinen Kajüte.«

»Sie haben es gehört, Frau Jung!«, herrscht Niklas die völlig überrumpelte Thea an. »Ab, Marsch, nach oben!« Er schiebt sie die Treppe vor sich her.

»So, und nun runter vom Boot!«

Auf dem Steg warten bereits zwei weitere Polizeibeamte.

Sie halten Thea fest.

»Thea Jung!«, sagt Niklas, als er vor ihr steht. »Ich verhafte Sie wegen Anstiftung zum Mord an Annika Osterburg sowie wegen des dringenden Verdachts, weitere Tötungsverbrechen begangen beziehungsweise geplant zu haben. Alles, was Sie ab jetzt sagen, kann gegen Sie verwendet werden.«

Langsam erfasst Thea ihre ausweglose Situation.

»Ich bin hier das Opfer!«, kreischt sie. »Ich sollte ermordet werden.«

»Das können wir alles später in Ihrer Vernehmung klären«, antwortet Niklas, »Sie sollten schon einmal Ihren Anwalt informieren.«

Auf einmal fängt Thea an zu weinen.

»Ralf wollte mich umbringen lassen«, schluchzt sie, »um sich ein schönes Leben mit Annika zu machen. Mit meinem Geld! Womöglich haben sie es sogar beide geplant.«

»Am Ende wurde aber Annika Osterburg getötet und nicht Sie«, entgegnet Niklas kühl.

Michael Tuchmacher war es.

Wahrscheinlich in Thea Jungs Auftrag.

Stefan hatte ja von einem Telefonat berichtet, in dem Tuchmacher von seinem Auftraggeber zu dem Boot bestellt wurde.

Und nun treffe ich die Jung genau hier.

Stefan war zum Glück nur bewusstlos gewürgt worden und schnell wieder zu sich gekommen, sodass er Niklas noch aus dem Hotel über das mitgehörte

Telefonat informieren konnte. Der Oberkommissar war nach Stefans Nachricht bereits mit dem Einsatzwagen zur Marina Wendtorf unterwegs, um Olivia zu befreien. Als er Thea Jung dort in flagranti erwischte, musste er nur eins und eins zusammenzählen.

Sie ist die Spinne in dem mörderischen Netz, das es weiter zu entwirren gilt.

Fassungslos schaut er Thea an.

Wie kann man nur so skrupellos sein?

Montag

49. Kapitel

»Mensch, Stefan, hast du wirklich bewusstlos in einer Wanne gelegen?«, fragt Lasse den Kriminalmeister, nachdem er ihn an seinem Schreibtisch begrüßt hat.

»Es war eine Whirlwanne«, korrigiert ihn Stefan. »Wenn schon, denn schon. Wie heißt es so schön: Vornehm geht die Welt zugrunde.«

Lasse sieht Stefan mitfühlend an. »Na, du zum Glück ja nicht. Alter, ich fasse es nicht! Du hast wieder ein Schwein gehabt ...«

»Unkraut vergeht eben nicht, außer im Garten von Lisas Eltern. Frau Wiese, die nette Empfangsdame aus dem Hotel, hat mich wiederbelebt.«

»So richtig mit Mund zu Mund?«

»Nein, ein paar Klatscher kaltes Wasser ins Gesicht haben gereicht, dann bin ich wieder zu mir gekommen.«

»Darf ich mal sehen, wo er dich gewürgt hat?«, bittet Lasse und zeigt auf Stefans Seidenschal.

Der lockert den Schal ein wenig. »Aber erschrick nicht! Die sind ein bisschen größer als die Knutschflecke, die du manchmal am Hals trägst.«

Lasse Gesicht wird jetzt genauso rot wie sein Haarschopf.

Stefan grinst. »Denkst du, wir merken das nicht?«

»Ihr seid eben die Kripo!«, stöhnt Lasse und kann schon wieder lachen.

Hauptkommissarin Bähr kommt über den Flur in das Großraumbüro gelaufen.

»Ich sehe, die Stimmung ist prächtig. Da kann ich noch einen draufsetzen. Wir haben den verzwickten Fall so gut wie aufgeklärt. Sobald Oberkommissar Lux und Lisa eintrudeln, versammeln wir uns zur Teamsitzung.«

»Wie geht es Olivia, Chefin?«, will Stefan wissen.

»Heute habe ich noch nichts gehört, aber gestern ging es ihr den Umständen entsprechend gut. Sie wurde am Samstag, gleich nach ihrer Befreiung, in die Uniklinik Kiel eingeliefert. Die Arme war völlig dehydriert und wird ein paar Tage künstlich ernährt, damit ihr Körper wieder zu Kräften kommt. Aber ansonsten ist alles okay mit ihr, soweit ich weiß.«

Stefan nickt erleichtert. »Gott sei Dank.«

»Sie haben ihr vielleicht das Leben gerettet, Stefan«, meint Gesa nachdenklich.

»Ach was, ich war im Dienst. Dafür werde ich bezahlt. Ich hätte die Sache mit dem Rucksack schon eher verfolgen sollen.«

Gesa legt ihm die Hand auf die Schulter. »Es war

nicht Ihre Entscheidung. Niemand konnte wissen, dass dieses Vorkommnis mit den Mordsachen zu tun hat. So etwas wie diesen Fall habe ich in meiner gesamten Laufbahn noch nicht erlebt.«

»Hoffentlich kommen Lisa und der Oberkommissar bald«, meint Lasse, »ich bin schon so gespannt, wie alles zusammenhängt.«

»Kollege Lux ist bereits im Bilde. Er und ich haben auch gestern, am Sonntag, gearbeitet und die Vernehmungen in Kiel durchgeführt«, berichtet Gesa, »aber wenn Sie die Zeit bis zur Teamsitzung überbrücken möchten, Lasse, könnten Sie Kaffee kochen. Zwei Kannen bitte und schön stark!«

50. Kapitel

»Kolleginnen und Kollegen«, beginnt Niklas seine Ausführungen während der laufenden Sitzung, »ich finde, das war eine tolle Teamleistung, die letztendlich zur raschen Aufklärung eines komplizierten Mordkomplotts geführt hat.«

Gesa schaut anerkennend in die Runde.

»Danke an alle. Ich bin so stolz auf euch«, sagt sie.

Auf meine Leute ist eben Verlass und der Lux ist inzwischen einer von uns.

»Niklas, entschuldige, dass ich dich unterbrochen habe.«

»Wo war ich stehen geblieben?«, fragt er.

Lasse reißt den Arm hoch: »Bei Mordkomplott!«, ruft er aufgeregt und stößt beinahe sein Getränk um.

Lisa knufft ihm in die Seite. »Pass bitte diesmal mit

deiner Cola auf!«, flüstert sie ihm zu.

»Genau«, bestätigt Niklas dem Polizeischüler, »es war ein perfides Mordkomplott von Menschen, die glaubten, den perfekten Mord begehen zu können. Der privat hoch verschuldete Michael Tuchmacher wollte seine Ehefrau Christiane töten, um an ihr Erbe zu gelangen und die Firma zu übernehmen. Der halbwegs erfolgreiche, aber mittellose Immobilienmakler Ralf Jung hatte das Leben mit seiner super erfolgreichen Gattin Thea satt und wollte stattdessen mit seiner Geliebten Annika zusammenleben. Aber er war finanziell von seiner Frau abhängig, deshalb beschloss er, sie umzubringen und mit dem Erbe ebenfalls neu anzufangen.«

»Aber Michael Tuchmacher hat doch seine Frau gar nicht getötet?«, wirft Lisa ein.

»Richtig«, bestätigt Niklas, »denn er hat sie töten lassen. Sowohl Michael Tuchmacher als auch Ralf Jung haben im Darknet nach einem Auftragskiller gesucht und mussten feststellen, dass ihnen die finanziellen Mittel dafür fehlten. Nun gibt es in diesem geheimen Netz der Verbrechen leider für fast jeden absurden Wunsch eine Lösung. Beide Männer entschieden sich dafür, die Frau eines anderen umzubringen und damit den Mord an der eigenen quasi zu bezahlen.

Sie kannten einander nicht und wussten nicht, wer die eigene Frau töten würde. Dafür gib es eine Organisation im Darknet, welche die Planung übernimmt und den perfekten Mord organisiert. Wahrscheinlich haben die das Ehepaar Tuchmacher als Urlauber an die Ostsee gelotst, wo Thea Jung ihre Villa hat.«

Niklas schaut fragend auf Gesa. »Möchtest du weiter ausführen?«

»Du meinst die Causa Ralf Jung?«

»Ja.«

»Also«, beginnt Gesa, »in unserer gestrigen Vernehmung, es war schon die dritte von Ralf Jung, wurde klar: Er hatte seinen Teil des Plans erledigt. Er vergiftete Christiane Tuchmacher mit einem Gichtmittel, das er ihr auf dem Fischmarkt unbemerkt in den Kaffee schüttete.«

»Wieso hat er auf einmal so schnell gestanden?«, wundert sich Stefan. »Er saß doch eigentlich wegen Mordes an Annika Osterburg in U-Haft und hätte jetzt freikommen können, nachdem bewiesen ist, dass es der Tuchmacher war.«

»Noch am späten Samstagabend wurde der Laptop von Jonny Jürgens in den Dünen gefunden«, antwortet Gesa, »ein Spaziergänger, genauer gesagt sein Hund hat ihn entdeckt. Unsere IT-Spezialisten in Kiel haben eine Nachtschicht eingelegt, und mit den Fakten, die Jonny Jürgens von seinen Informanten aus dem Darknet erhalten hatte, konnten wir Ralf Jung und seinen Anwalt zu einem umfassenden Geständnis bewegen.«

»Außerdem«, ergänzt Niklas, »hat der Fischer Hagen Friese ihn auf dem Markt gesehen und Trude Hansen hat beobachtet, dass Christiane Tuchmacher sehr schnell einen neuen Kaffee bekommen hatte, nachdem sie zuvor angerempelt wurde und ihren verschüttete. Vielleicht erinnert sie sich an Ralf Jung, wenn sie ihn wiedersieht.

Wir haben also zwei weitere Zeugen. Aber wie bereits erwähnt, er hat gestanden. Eine Gegenüberstellung ist noch nicht erforderlich.«

»Und der Tuchmacher, wie geht's mit dem weiter?«, will Stefan wissen. »Ich habe von Iversen erfahren, dass die Kollegen ihn am Samstag schnell geschnappt haben, nachdem sein Wagen in der Fahndung war.«

»Bei Herrn Tuchmacher lief es mit dem vereinbarten Über-Kreuz-Mord nicht so nach Plan wie bei Ralf Jung«, erklärt Niklas dem Kollegen, »daraus entwickelte sich letztendlich eine mörderische Dreiecksgeschichte, die ihresgleichen sucht.«

Stefan rollt mit den Augen.

Der macht es aber spannend.

Auch alle anderen am Tisch starren jetzt gebannt auf den Oberkommissar.

»Thea Jung war einfach zu clever«, sagt er, »und Michael Tuchmacher zu labil, um seinen Teil des Plans, nämlich Thea Jung zu töten, zu erfüllen. Die Agenturchefin merkte, dass sie bedroht wird, und beauftragte ihren ehemaligen Freund, den Privatdetektiv Jonny Jürgens, der Sache nachzugehen. Der servierte ihr nicht nur Michael Tuchmacher als potenziellen Auftragskiller, sondern deckte auch das Verhältnis ihres Ehemanns zu Annika Osterburg auf. Wir haben unsere Schlussfolgerungen aus den Fotos gezogen, die im Wohnwagen des Detektivs gefunden wurden.«

»Aber warum hat der Tuchmacher dann am Ende Annika getötet und nicht Thea?«, fragt Lasse. »Sein oder Nichtsein, das ist hier die Frage.«

Lisa und Stefan kichern trotz der ernsten Angelegenheit los.

»Was ist denn?« Lasse schmollt ein wenig. »Ist aus dem Hamlet von Shakespeare. Ich hatte in Deutsch eine Zwei.«

Niklas beruhigt die Gemüter wieder. »Ihre Frage ist mehr als berechtigt, Lasse«, sagt er, »und trifft im Kern genau die existenziell bedrohliche Situation des Michael Tuchmacher. Wie Hamlet in seinem berühmten Monolog war Herr Tuchmacher innerlich zerrissen und wusste keinen Ausweg mehr.«

Ehe Niklas jetzt die überraschende Wende in dem verzwickten Fall erläutern kann, klingelt plötzlich das Telefon.

Lisa läuft zu ihrem Apparat.

»Ein Anruf auf der zentralen Nummer! Es ist Hauptkommissar Zimmermann!«, sagt sie und nimmt ab.

Gesa verzieht genervt das Gesicht.

Was will der denn jetzt?

Mitten in der Teamsitzung.

51. Kapitel

»Guten Morgen, alle miteinander!«, grüßt Hauptkommissar Zimmermann fröhlich.

Lisa hat den Lautsprecher angestellt, nachdem sie Zimmermann zuvor kurz geschildert hat, dass alle vom Team der Kripo anwesend seien.

»Ich möchte Ihnen herzliche Grüße von meiner Nichte Olivia übermitteln. Insbesondere den Kollegen Voß soll ich grüßen und ihm besonders danken.«

Spontan klatschen alle am Tisch.

Stefan wird knallrot im Gesicht.

»Auch von mir ein herzliches Dankeschön an Sie und alle anderen«, fährt Zimmermann fort. »Frau Hauptkommissarin Bähr«, sagt er mit einem gewissen Pathos in der Stimme, »und dieses Mal möchte ich meinen Dank nicht nur auf ein paar kluge Worte beschränken, ...«

Gesa presst die Lippen zusammen.

Hat er klug gesagt?

»... sondern Taten sprechen lassen, als Anerkennung für Ihre erfolgreiche Ermittlungsarbeit.«

Na, da bin ich aber gespannt.

Rolle saure Drops für jeden?

»Am Ende der Woche«, verkündet Zimmermann, »werden Ihnen neue Computer in Ihre Dienststelle geliefert.«

Gesa klappt die Kinnlade herunter.

Ist nicht wahr.

Ihr Dankeschön an ihren Vorgesetzten geht im jubelnden Beifall der anderen unter.

»Schon gut. Nichts zu danken, Sie haben es sich verdient«, wiegelt Zimmermann ab.

Mit so einer Begeisterung habe ich nicht gerechnet.

Hoffentlich fragt keiner genauer nach.

Ich kenne mich mit dem Zeug doch nicht aus.

»Auf Wiedersehen, ich muss dann mal wieder«, verabschiedet er sich jetzt lieber.

»Wiedersehen!«, sagen alle wie auf Kommando.

»Liebe Grüße an Olivia von uns und gute Besserung«, ruft Lisa noch schnell hinterher.

Gesa strahlt, als hätte sie Geburtstag.

Das ist mal eine gute Nachricht!

Sie schenkt den anderen Kaffee nach. »Leider dürfen wir uns jetzt keinen Sekt öffnen, unsere Besprechung ist noch nicht zu Ende und es gibt anschließend weiter viel zu tun.«

Lasse schaut betrübt auf seine leere Colaflasche. Er trinkt ja keinen Kaffee.

»Holen Sie sich eine neue aus dem Kühlschrank, auf meine Rechnung!«, sagt Gesa lachend, »und dann geht's aber gleich weiter mit der Teamsitzung.«

52. Kapitel

»Hoffentlich haben alle die tolle Nachricht inzwischen verdaut«, sagt Niklas. Beifälliges Gemurmel erklingt. »Ich führe dann meine Ausführungen einfach nahtlos fort.«

Er blättert kurz in seinem Block.

»Thea Jung wusste nun durch Jonnys Recherchen, dass Michael Tuchmacher ihr nach dem Leben trachtete. Doch anstatt sich an uns zu wenden, sann sie auf Rache.«

»Warum hat der Detektiv die Mordabsicht nicht gemeldet?«, fragt Lisa.

»Wahrscheinlich hat Frau Jung es nicht gewollt, und wir dürfen nicht vergessen, Jonny hatte Informanten aus dem Darknet. Die gibt man nur einmal preis, dann schweigt man für immer.«

Lasse sieht Niklas bewundernd an: »Sie kennen sich mit dem Verbrechernetz gut aus, Oberkommissar Lux.«

»Ein wenig«, wiegelt er ab. »Bevor ich vor einem

Jahr bei Ihnen angefangen habe, hatte ich ein Leben als Privatdetektiv und Sonderermittler des BKA geführt. Da war die Welt des Darknets leider häufiger mein Begleiter ... Aber nun zu unserem Fall«, setzt er fort, »Thea Jung glaubte, dass ihr Ehemann Ralf Herrn Tuchmacher beauftragt hat, sie zu töten. Damit er ein schönes Leben mit ihrem Geld und mit Annika hätte. Dass sich die beiden Männer gar nicht kannten, wusste sie nicht. Aber dass ihr Mann hinter dem Mordauftrag steckte, damit lag sie richtig.«

»Hat sie das alles schon gestanden?«, möchte Lisa wissen.

»Ja, gestern haben Hauptkommissarin Bähr und ich sie gemeinsam vernommen. Unsere Indizien und Beweise waren zu erdrückend.«

»Krass!«, meint Lasse, »die Frau hat den Spieß einfach umgedreht. Aber warum hat Herr Tuchmacher da mitgemacht?«, fragt er. »Die Jungs aus dem Darknet fackeln doch nicht lange, haben Sie selbst gesagt ...«

»Das stimmt«, antwortet Niklas, »aber Thea Jung hat Michael Tuchmacher hunderttausend Euro geboten. Er hatte hohe Spielschulden und musste diese umgehend begleichen. Skrupellose Geldeintreiber hatten ihn im Visier. Frau Jung wusste ja nicht, dass er sie als Gegenleistung für den Mord an seiner eigenen Frau umbringen sollte. Sie hatte, bis wir sie gestern darüber aufgeklärt haben, geglaubt, dass ihr Mann Herrn Tuchmacher für den Mord bezahlen wollte, und ihn dann einfach überboten. Dafür sollte er aber nun statt Thea Jung Annika Osterburg töten.«

Gesa nickt. »Top, so war es«, sagt sie, »aber Frau

Jung wäre ja nicht sie selbst, wenn sie dem Ganzen nicht ein mörderisches i-Tüpfelchen verpasst hätte. Nämlich die Tat anschließend ihrem treulosen Ehemann in die Schuhe zu schieben.«

»Donnerwetter!« Stefan staunt. »Ziemlich ausgebufft.«

Niklas berichtet jetzt wieder weiter, während Gesa sich und den anderen Kaffee nachschenkt.

»Sie hat das Messer, mit dem ihr Mann Ralf morgens seinen Frühstücksschinken geschnitten hat, zusammen mit einer Anzahlung und einem Prepaid-Handy an Michael Tuchmacher übergeben«, erklärt er.

»In dem rot karierten Rucksack, den Olivia unter dem Stehtisch vom Imbiss gefunden hat!«, platzt Stefan dazwischen.

»Genauso war es. Olivia war seitdem in Gefahr, ohne dass sie oder wir davon wussten. Auf dem Speed-Dating hatte Thea Jung ihren Killer Michael als Ordner eingeschleust. Am Ende erstach er Annika in einem unbeobachteten Moment.«

Niklas hält kurz inne.

»Zwei unschuldige junge Frauen, die ihr Leben noch vor sich hatten, mussten wegen der Habgier und Rachsucht eines mörderischen Trios sterben«, sagt er leise.

Am Tisch herrscht betretenes Schweigen.

Die Opfer kommen bei uns immer zu kurz, denkt Gesa.

Weil wir uns eben um deren Mörder kümmern müssen.

»Michael Tuchmacher warf das Messer, auf dem sich Ralf Jungs Fingerabdrücke befanden, gleich in der Nähe des Tatorts in die Dünen«, erzählt Niklas weiter, »so hatte Frau Jung es ihm aufgetragen. Zuvor, noch während der Veranstaltung, hatte Olivia ihn unverhofft wiedergetroffen. Sie erkannte ihn an der Stimme und schlich ihm hinterher.«

»Hat Olivia etwa den Mord beobachtet?«, will Stefan wissen.

»Nein, zu dem Zeitpunkt lag sie schon betäubt im Kofferraum seines Wagens, hat der Tuchmacher ausgesagt. Sie hatte ihn wegen des Rucksacks zur Rede gestellt und er hat sie überwältigt und erst einmal im Auto verschwinden lassen. Später hat er Olivia auf dem Segelboot seines Freundes versteckt.«

»Die Arme! Was sie alles durchgemacht haben muss!«, ruft Lisa voller Mitleid.

»Diese Frau Jung ist vielleicht intrigant!«, erbost sich nun auch Lasse. »Selbst hat sie sich nicht die Finger schmutzig gemacht. Hoffentlich wird sie trotzdem hart bestraft.«

»Das wird sie«, versichert Niklas ihm, »auch sie wird wahrscheinlich wegen Mordes angeklagt werden. Thea Jung hat meinen alten Freund Jonny erschossen«, meint er leise und muss erst einmal einen Schluck Wasser trinken. Gesa legt ihre Hand auf seinen Arm. »Ich erzähle mal weiter«, sagt sie.

»Johannes Jürgens, genannt Jonny, hätte, so wie Niklas ihn kannte, bei so einer Sache niemals mitgemacht«, versichert Gesa. »Er wollte mit unserem Oberkommissar reden, aber zu spät«, meint sie. »Seine Loyalität zu seiner Klientin und ehemaligen Freundin Thea wurde ihm zum Verhängnis. Sie hat ihn, wie sie sagt, im Streit aus Versehen erschossen und seine Tasche mit dem Laptop weggeworfen, während sie flüchtete. Angeblich hätte sie die Pistole, seit sie bedroht wurde, immer bei sich. Jonny hatte sie ihr vor Jahren selbst besorgt.«

Niklas nickt.

»Wir werden ihr einen Mord leider nur schwer nachweisen können«, befürchtet er. »Mag sein, sie hat wirklich in Panik abgedrückt. Vielleicht hat sie Jonny aber auch eiskalt in die Dünen gelockt, um ihn dort zu erschießen.«

»Aber die Schwere ihrer anderen Straftaten wird das Gericht nicht gerade für sie einnehmen«, tröstet Gesa ihren Kollegen.

Stefan wird blass. »Wollte sie Olivia denn mit der Spritze ermorden?«

Gesa schüttelt den Kopf. »Es war nur ein starkes Beruhigungsmittel, aber es ist möglich, dass dieses zur Vorbereitung eines weiteren Verbrechens dienen sollte.«

»Oh, Mann!«, stöhnt Lisa. »Ich bekomme Gänsehaut. Auf den Plakaten sieht die Frau so freundlich und harmlos aus. Dabei ist sie eine eiskalte Killerin.«

»Ich glaube«, sagt Niklas, »die Enttäuschung darüber, dass ihre Assistentin, die sie aus dem Milieu geholt hat, sie dermaßen hintergangen hat, war zu viel für Thea Jung. Ihr Ehemann ist ihr wohl früher auch nicht immer treu gewesen, aber dass er sich von ihr trennen wollte, um ausgerechnet mit Annika ein neues Leben zu beginnen, das hat bei Frau Jung den Hebel umgelegt. Zumal ihr Mann sie ja nicht nur verlassen, sondern sogar umbringen wollte. Sie hat ihn abgöttisch geliebt, hat sie uns in der Vernehmung versichert.«

»Eine wahre Mordliebe war das«, stellt Lisa kopfschüttelnd fest.

»Und alles spielte sich an unserer friedlichen Ostsee ab«, meint Lasse fassungslos.

Gesa hebt kurz die Brauen.

»Die Ostsee werden wir diese Woche nur aus der Ferne rauschen hören«, warnt sie, »denn ein riesiger Berg Arbeit wartet jetzt auf uns. Am Freitag müssen unsere Berichte in Kiel sein. Wenn ich nur an die ellenlangen Vernehmungsprotokolle vom Wochenende denke ... am besten, wir machen uns jetzt gleich ans Werk. Oder sind noch offene Fragen?«

»Ich denke keine mehr, die wir in dieser Runde klären könnten, den Rest müssen die Gerichte entscheiden«, erwidert Niklas, »von meiner Seite war es das.« Er klappt seinen Block zu und streckt die Beine unter den Tisch.

»Also los! Worauf warten wir?« Gesa steht auf. »Alle bitte wieder an ihre Plätze! Was hat Zimmermann uns versprochen? Am Ende der Woche gibt es neue Computer. Dann lasst die alten noch einmal ordentlich brummen.«

Niklas schüttelt bei Gesas Worten unauffällig mit dem Kopf.

Als ob es damit getan ist.

Wer schließt die denn an?

Zimmermann müsste uns jemanden von der EDV rüberschicken.

»Darf ich dann die neuen PCs in Betrieb nehmen, Frau Hauptkommissarin?«, fragt Lasse da auch schon.

»Selbstverständlich«, antwortet Gesa.

Niklas lächelt.

Ach ja, wozu benötigen wir Spezialisten?

Wir haben ja zum Glück unseren Polizeischüler Lasse.

4 Tage später
Freitag

53. Kapitel

Niklas begleitet die einundachtzigjährige Trude Hansen die schmale Treppe zum ersten Obergeschoss des Dienststellengebäudes hinauf.

»Danke, dass du uns noch einmal hilfst, Trude«, sagt er und öffnet ihr die Tür zum Großraumbüro der Kripo.

Trude klopft mit ihrem Gehstock zweimal kurz gegen den Empfangstresen. Lasse ist ja nicht an seinem Platz, er hilft bei der Schutzpolizei aus.

»Moin, ihr Lieben!«, ruft sie Stefan und Lisa fröhlich zu.

Ohne mich bekommen die eben doch keinen Fall gelöst.

Gesa läuft Trude über den Flur entgegen.

»Moin, Trudchen!«, sagt sie und schüttelt lange Trudes kleine, faltige Hand. »Schön, dass du uns besuchst.«

Niklas hilft ihr aus dem Sommermantel.

»Möchtest du Kaffee?«, fragt er.

»Nein, danke. Ich habe bereits zu Hause gefrühstückt. Ein Glas stilles Wasser wäre lieb.«

Gesa hakt Trude unter. »Niklas bringt dir gleich

eins. Ich entführe dich schon einmal in mein Büro.«

»Was soll ich dort noch mal tun?«, fragt Trude aufgeregt.

»Nichts Besonderes«, beruhigt Gesa sie, »du schaust dir auf meinem Bildschirm Fotos von ein paar Männern an und überlegst, ob du einen oder mehrere davon kennst.«

»Also, Gesa! Was denkst du denn von mir? Ich bin doch jetzt mit Carlo zusammen.«

»Trude, es geht darum, ob du einen von den Männern auf dem Eckernförder Fischmarkt gesehen hast. Vor allem in dem Moment, als du die Szene mit der jungen Frau und dem verschütteten Kaffee beobachtet hast. Wir benötigen deine Aussage noch heute für den Bericht an meinen Vorgesetzten in Kiel.«

»Alles klar, so ähnlich hatte Niklas mir das am Telefon schon erklärt, glaube ich. Eigentlich dachte ich, dass er mich besuchen würde.«

»Heute können wir hier schlecht weg. Hast du die Kartons vor dem Empfangstresen im Großraumbüro gesehen?«, fragt Gesa, die inzwischen mit Trude in ihrem Büro angekommen ist.

»Ja, habe ich, zum Glück. Sonst wäre ich ja mit meinem Gehstock hängengeblieben.«

Gesa schmunzelt. »Es war ausreichend Platz auf dem Gang, Trude. Nun setzt dich mal! Hier, in meinen bequemen Drehstuhl. Die Höheneinstellung müsste stimmen. Wir sind ja beide keine Riesen.«

Trude dreht einen Halbkreis.

»Huch, das ist ja wie Karussellfahren!«, juchzt sie. »Was ist denn eigentlich in den Kartons drinnen?«

»Ach«, Gesa tippt sich an die Stirn, »hatte ich ganz

vergessen zu sagen. Das sind die neuen Computer. Unser Polizeischüler Lasse wird sie, wenn er wieder da ist, gleich anschließen.«

»Kann er das denn, als Schüler?«

»Du glaubst nicht, wie gut! Ohne ihn würde die EDV in meiner Dienststelle zusammenbrechen. Niklas kennt sich auch bestens aus, aber der hat als Ermittler zu wenig Zeit.«

»Das glaube ich, so viel, wie bei uns an der Küste neuerdings passiert«, erklärt Trude und holt tief Luft. »Pass bloß auf, Gesa! Erst gestern Mittag habe ich in der Sendung ›Sei wachsam!‹ einen Bericht über gestohlene Computer gesehen. Es sollen Hunderte sein, die aus dem Lager eines Versandhändlers verschwunden sind. Die werden dann äußerst günstig zum Kauf angeboten, hat der Polizist im Fernsehen gesagt. Alle sollen achtgeben.«

Niklas kommt herein und bringt Trude das gewünschte Glas Wasser.

»Ich höre gerade Fernsehen und Polizei«, sagt er zu Trude. »Gibt es etwas, das wir wissen müssen?«, fragt er und grinst.

Gesa stößt ihn an. »Vielleicht«, sagt sie und denkt an ihre neuen Computer.

»Du brauchst gar nicht so komisch nachzufragen, Niklas«, erwidert Trude.

»Ach, Trudchen!« Niklas umarmt sie kurz und kniet sich vor ihren Stuhl. »Das habe ich doch nicht so gemeint. Ohne dich hätten wir manchen Fall nicht so schnell gelöst.«

»Schon besser«, antwortet Trude, »aber ich korrigiere dich: keinen, wäre richtig.«

»Okay, Trude! Ich ergebe mich.« Niklas steht auf und reißt die Arme hoch.

»Schluss jetzt mit dem Quatsch«, sagt Gesa zu ihm. Die Sache mit den Computern lässt ihr keine Ruhe.

»Haben die im Fernsehen erzählt, woran man die gestohlenen PCs erkennt?«, fragt sie Trude.

Niklas schaut ungläubig auf seine Chefin. »Worum geht es eigentlich?«

»Siehst du!« Trude ist in ihrem Element. »Wenn du mich nicht hättest. Es wurde vor gestohlenen Computern gewarnt. Übrigens, Gesa, man erkennt die Dinger wohl an einer Nummer. Einige beginnen mit 4711, das habe ich mir gemerkt, wegen des Parfüms, das mir mein Kurt früher immer geschenkt hat.«

»Ist nicht möglich!« Niklas schaut Gesa an. »Denkst du dasselbe wie ich?«

»Ja. Dass der Zimmermann plötzlich solche großen Spendierhosen anhat, kam mir gleich komisch vor. Aber ich dachte, es ist wegen Olivia.«

»Hat die die Computer gestohlen?«, fragt Trude dazwischen.

»Trudchen, was Niklas und ich bereden, ist nicht für deine Ohren bestimmt.«

»Ich sitze aber nun einmal hier!«, sagt Trude trotzig. »Die Bilder mit den Männern hast du mir immer noch nicht gezeigt«, schimpft sie.

Niklas versucht, Trude zu besänftigen. »Du hast ja recht. Vielen Dank für deinen Hinweis mit den Computern. Ich schlage vor, du schaust dir jetzt mit Gesa die Fotos der Verdächtigen an und ich gehe nach vorn ins Großraumbüro und packe mit Stefan die PCs aus. Oder, Gesa?«

»Perfekt, so machen wir es.«

Trude Hansen hat Ralf Jung inzwischen auf den Bildern wiedererkannt. Dieser Mann war auf dem Eckernförder Fischmarkt und hielt sich in der Nähe der Frau mit dem verschütteten Kaffee auf, versicherte sie.

»So, Trude, nun haben wir es geschafft«, sagt Gesa erleichtert, nachdem sie noch eine E-Mail an Lisa geschickt hat. »Ich bringe dich gleich nach vorn, zu unserer Kriminalobermeisterin Rückert.«

Trude guckt skeptisch. »Zu wem?«

»Na, zu Lisa! Die kennt du doch schon. Sie wird ein Protokoll von deiner Aussage anfertigen und dann darfst du nach Hause. Wir helfen dir natürlich wieder, die steile Treppe hinunterzugehen.«

»Danke, das ist lieb von euch!« Trude gähnt.

War doch anstrengender, als ich dachte.

Auf einmal klopft es an Gesas Büro.

»Komm rein, Niklas, wenn du es bist!«, ruft sie.

Und sag bitte nicht, dass meine Befürchtungen wahr sind.

Wenn das Hehlerware ist, dürfen wir die Computer nicht behalten.

Niklas macht ein betretenes Gesicht.

»Tut mir leid, Gesa.«

Seine Augen schweifen zu Trude.

»Rede ruhig weiter«, krächzt sie und ist auf einmal wieder hellwach. »Ich kann ein Geheimnis für mich behalten!«

Gesa platzt fast vor Neugierde. »Nun sag schon, Niklas!«

»Die Computer stammen alle aus dem Einbruch

bei einem großen Versandhandel. Stefan hat die Gerätenummern im Polizeiportal recherchiert.«

»4711, das habe ich euch doch gesagt«, mischt sich Trude ein.

Gesa wird jetzt rot vor Wut.

»Zimmermann hätte das wissen müssen. Ich fasse es nicht! Dieser Trottel!«

Typisch! Hauptsache billig, hat der gedacht.

Jetzt haben wir wieder keine neuen PCs.

Niklas zuckt nur mit den Schultern.

Mich wundert bei dem gar nichts mehr.

Trude möchte Gesa trösten: »Du brauchst dich nicht so zu ärgern. Ist halb so schlimm, ihr habt ja noch die alten Computer«, meint sie. »Ich nutze meinen Fernseher schon seit fünfzehn Jahren. Warum auch nicht? In einem neuen läuft doch dasselbe Programm.«

Nun muss Gesa herzhaft lachen.

»Ach, Trudchen!«, sagt sie. »Ohne dich würden wir keinen Mordfall aufklären und hätten auch nur halb so viel Spaß bei unserer Arbeit. Stimmt's, Niklas?«

Ende

Liebes Lesepublikum,

sind Sie inzwischen Fan der Ostseekommissare Lux und Bähr oder geben Sie dem neuesten Buch dieser Reihe eine Chance, um es noch zu werden?
In jedem Fall bedanke ich mich herzlich bei Ihnen.

Wenn Ihnen ***„Mordliebe Ostsee“*** *gefallen hat, freue ich mich sehr über Ihre Bewertung bei Amazon.*
Vielen Dank, dass Sie sich die Zeit dafür nehmen.

Ein ganz liebes Dankeschön geht auf diesem Wege auch an meine Familie, meine Freunde und an alle, die an dem Buch professionell mitgearbeitet oder mich fachlich beraten haben.

Lust auf mehr?

Bisher sind erschienen:
„Totschöne Ostsee“ (Ein Fall für Lux und Bähr 1)
„Mordgierige Ostsee“ (Ein Fall für Lux und Bähr 2)
„Todkalte Ostsee“ (Ein Fall für Lux und Bähr 3)
„Grabstille Ostsee“ (Ein Fall für Lux und Bähr 4)
„Mordliebe Ostsee“ (Ein Fall für Lux und Bähr 5)

Doch die ***Ostseekommissare Lux und Bähr*** *ermitteln weiter und haben gemeinsam noch viel vor.*
Die nächsten spannenden Fälle folgen umgehend.

Wenn Sie ***A. Collin auf Amazon folgen****, werden Sie sofort über jede Neuerscheinung informiert.*

Oder Sie schreiben mir unter der E-Mail:
A.Collin@online17.de
Ich beantworte gern Ihre Fragen und Sie erhalten zu jeder Neuerscheinung einen Newsletter.

Viele Grüße
aus dem Norden
von Ihrer Autorin A.Collin

P.S.
Wer gern mehr über das Vorleben von Oberkommissar Niklas Lux erfahren möchte, dem empfehle ich die spannenden Krimis aus der Reihe „Ein Fall für den Maler".
Alle sechs sind bei Amazon als E-Book und Taschenbuch erhältlich und dort auf der A.Collin Autorenseite zu finden.

JAVY

IMPRESSUM

Mordliebe Ostsee
Fünfter Fall für Lux und Bähr
Küstenkrimi

Asja Collin c/o Medienzentrum
Hamburg Rondenbarg 8 /22525 Hamburg
info@javy-verlag.de
Lektorat, Satz, Umschlag: JAVY Verlag
Korrektorat: www.contexta.de
Bildquellen: pixabay.com

Personen und Handlung sind frei erfunden.
Eventuelle Ähnlichkeiten mit real existierenden Personen
sind rein zufällig und nicht beabsichtigt.
Markennamen, Warenzeichen,
Namen von Personen und Dingen der Zeitgeschichte,
falls diese im Buch verwendet werden,
sind Eigentum ihrer rechtmäßigen Eigentümer.

Druck: Amazon Distribution GmbH
Amazonstraße 1, 04347 Leipzig

ISBN: 978-3-948820-35-0

Printed in Poland
by Amazon Fulfillment
Poland Sp. z o.o., Wrocław

44160364R00131